神戸みなと食堂

土田康彦

Tsuchida
Yasuhiko

托口出版

神戸みなと食堂◎目　次

装画　GLAY TERU
題字　牧田悠有
装丁　長谷川周平

神戸みなと食堂

序章　フランクミュラー

港にほど近いオフィス街、大通りに面した三十階建ての近代建築は、人口百五十万都市のランドマーク神戸市役所だ。竣工から十年近く経った一九九八年の今でも、この街随一の高層建築として堂々とそびえ立っている。

その二十三階部分、地上百メートルの高さに『企画調整局未来都市推進課』がある。神戸の歴史と魅力を活かしつつ、持続可能な未来型都市に必要な施設を企画、建設する。それが僕の仕事場だ。建築士の資格を持つ者としては、申し分のない部署だと思っている。

「ランチタイムまで、あと小一時間か」

買い替えたばかりのフランクミュラーで確認すると、僕はいつものようにデスクに頬づえをついて、今日の昼食候補「かすうどん」の妄想にふけっていた。

もし料理番組でこいつを紹介するとしたら……。うどんが茹だる鍋と美しいアシスタントに交互に視線をやりながら、こんなトークはどうだろう。

「『かすうどん』なんてネーミング、ちょっとひどいでしょ。でも、巷じゃ高タンパク低脂肪、コラーゲンたっぷりで若い女性に大人気、なんておしゃれなことを言うもんだから、いったいどんな食べ物なのか、ますます想像がつきませんよね。

実は『かす』って、天かすのことじゃなくて「ホルモン」のことなんですよ。もともと捨てられていた牛の小腸の切れはしを油でじっくり揚げて、余分な水分や脂分を除いたものが『かす』なんです。それを熱々のうどんにたっぷりトッピングすると、出汁に肉のうま味が染み出すうえに、ほら、なんとも香ばしい香りが丼から立ちのぼってくるでしょう！」

脳内に再現された香りに誘発されて、カリカリのかすと、もちもちのうどんが奏でる絶妙なハーモニーが口の中にリアルにひろがり、さらにホルモン独特の甘みとコクが追いうちをかける。

「かすうどんは、関西人のソウルフードのひとつなんですって」

僕が小学生の頃からうちで働いている家政婦の松本さんにそう教えてもらって以来、僕はほぼこれ以外のうどんを食べたことがない。なのに、根っからのお嬢様育ちのお袋はホルモンと聞くと眉をひそめて首を振り、味見さえしないのだ。もったいない、美味しいのに。

――ッバン！

課長の吉川さんの手のひらがデスクに叩きつけられた。風圧で数枚の設計図が吹き飛んだ。

「いい加減にしろ、真九郎！」

怒りにみなぎった声が耳に刺さり、僕は我に返った。またしても、やらかしてしまった。周りの目が気になったが、同僚たちはそれどころではないらしく、運輸大臣や国土交通省大臣、兵庫県知事、神戸市長など大物が居並ぶテレビ画面をじっと見つめていた。そうだ、今日は神戸空港着工か否かの決定の日だった。

「大阪に関西国際空港があるし、兵庫県にだって伊丹空港があるのに、空港をもうひとつなんて。共倒れするに決まってるよ」

「今の神戸市の財政を考えたら、新空港なんて絶対無理」

「しかも海の上に建設って、どこにそんな金があるんだよ」

否定的な声が聞こえてきた。

「でも上手く連絡できれば、震災からの復興に効果的な運営もできるんじゃないかな」

職場は賛否両論、渦を巻いている。

そんな熱い議論をよそに、僕の前で仁王立ちしている吉川さんの声は低かった。

「真九郎、このあいだ、注意したばっかりだろ」

次の瞬間、彼のもう一発が僕のデスクを叩いた。

「しかもこんな一大事に。おまえには、市の職員としての自覚がなさ過ぎる！」

「すみません、あの、ついつい……」

踵を返し自分のデスクに戻ろうとしている吉川さんの背中に謝ると、振り向きざまに僕を見下ろし再び言った。

「我々職員にとって、神戸空港建設は重大事項なんだぞ。しらんけど！」

自分が知っている限り、たとえ彼が激怒しても、最後に『しらんけど』がくっつくとそれは慈悲を意味している。今回もなんとか許してもらえたらしい。僕は胸を撫で下ろした。

こんな彼の行動を人によっては、パワハラと受けとるかもしれないけれど、仕事に集中できない僕をいつも導いてくれるのは吉川さんだ。うっとうしいと思ったことなど一度もないし、むしろ感謝している。そう思っているのは僕だけではないだろう。ほかの部下たちにとっても、彼は良き理解者であり愛すべき上司だった。特に、市役所に入職してそろそろ五年になろうかというのに、相変わらず常識のない僕にとっては、社会と自分をつないでくれるかけがえのない存在だ。だから、吉川さんがいくら激しい音を立ててデスクを叩いても、誰もおののきはしなかった。そこには愛情が込められているからだ。いや、本当は諦められているのかもしれないけれど。

「また怒られたじゃない、ちょっとは気を付けなきゃね」

隣にいた先輩が、励ますように僕の肩を叩いた。同じ部署には東大大学院卒の一級建築士が三人もそろっていたが、みんな優しい人たちばかりだ。

「どうせ、食べ物のこと考えてたんだろ？」

確かに。食べ物のことで頭がいっぱいだったのは事実だ。よし、午前中の仕事はちょっと早めに切り上げて、揚げたての「かす」のタイミングに合わせて食堂に行くことにしよう。

ランチの問題に決着を付け窓の外に目をやると、そこには壮大なパノラマがひろがっていた。二十三階のオフィスからは、高級リゾートホテルのスイートルームばりの絶景が一望できる。真っ青な海を眺めていると仕事は進み、素晴らしい設計図がいくらでも描ける。と言いたいところだが、実際に湧いてくるのは新しい料理のアイディアばかりだった。頭の中でいくつもの素材をかけあわせると、メニューのバリエーションは無限にひろがり、テーブルにずらりと並ぶ料理の色彩はますます華やいでいく……。

「本日、神戸空港着工が決定しました！」

アナウンサーの興奮気味な声が響くと、辺りにざわめきがひろがった。空港の着工決定指令を受けるために席をはずしていた吉川さんが、足早に戻ってきた。

「ということで、みんなには、企画調整局の仕事と並行して、神戸空港プロジェクトも任せることになるが、しっかり頑張ってほしい。しばらく忙しくなるぞ！」

先輩たちは、デスクにひろげられた図面の上で小さくガッツポーズをつくると視線を交わしあい、笑顔に白い歯をのぞかせた。海の上に空港を建設する壮大な仕事こそ、優秀な彼らにふさわしい。そんなことを考えていると、同じ部署に配属されているというだけで、自分の中にも根拠のない誇らしさがみなぎってきた。この国家一大プロジェクトに携わることで僕の才能の扉はいよいよ開かれ、建築家としての出世街道をひた走るのだ。輝かしい未来が見えてくるようだった。『関西国際空港にレンゾ・ピアノ、神戸空港に小矢野真九郎』うん、悪くない。閃いたキャッチーなフレーズに酔いしれ、芽生えたばかりの野心がチクチクと腹の底を刺激した。早くも傾きはじめた冬の陽が、窓の向こうの大阪湾をだいだい色に染め、眼下にはもっともらしいシチュエーションがひろがっている。

まもなく自分たちの手によって、大阪湾の中心に神戸空港が浮かび上がるのだ。

ガラスに映った自分の姿を、ローマ帝国の行く末に思いを馳せる皇帝ネロの姿と重ねあわせ、高揚感を噛みしめていた。

その時、吉川さんの声がした。

「真九郎、明日の朝コーヒー飲みに行くぞ」

「えっ、仕事の前にですか？」

「そうだ、ちょっと話がある。今日のうちにお料理研究は終わらせとけ」

僕の内に芽生えはじめた熱意を、彼はまだ知らないのだ。

「じゃ、いつもの『にしむら珈琲』ですね？」

吉川さんお気に入りの店の名前を告げると、意外な返事が返ってきた。

「いや、スタマや」

「……はっ？」

1章　ブーケガルニ

家族旅行で訪れたサグラダ・ファミリアに感激し、将来ガウディみたいな偉大な建築家になろうと決心したのは、中二の夏休みのことだった。

一週間のバルセロナの滞在中、どこにいても教会の鐘の音が聞こえてきた。朝起きる時間も、お昼ご飯を食べるタイミングも、いつも鐘の音が教えてくれる。「時計のない時代から今にいたるまで、街の人々は教会の鐘が奏でるリズムに沿って暮らしています」と現地ガイドの人が教えてくれた。

音の発信源を訪れてみると、そこには想像を絶するほど壮麗な建物が建っていた。驚きのあまり、そびえ立つ塔をポカンと見上げていると、突如、頭の上で鐘が鳴り響きはじめた。幾重にも重なる鐘の音の振動が、周りの空気と僕の全身を激しく震わせた。まるで建物全体が巨大な楽器みたいだ、こんなすごいものが街の真ん中に建っていて、昔から人々の生活の中心になってるなんて……。夏休みの宿題なんて、いつもギリギリになって取りかかるのに、その時ばかりは受けた衝撃をそのまま日本に持ち帰り、自由研究『街の暮らしを支える美しい教会　サグラダ・ファミリア』として一気に完成させた。

休み明けに学校へ提出すると、「バルセロナなんて私たちは誰も行ったことはありませんが、異なる文化に接した時の感動がリアルに伝わってきますね」などと先生たちに絶賛されて、学校代表として県大会に出品され、おまけに金賞まで取ってしまったものだから、校長先生は大喜びして朝礼で僕をたたえた。自分はと言えば、予想外の慣れない状況に正直戸惑いを覚えたけれど、振り返ってみれば成績もパッとせず、さえない学校生活を送っていた僕にとって、この出来事は唯一自慢できることだった。

この時から、将来は建築家になろうという強い思いが芽生えたのだった。

ならば当然、大学は工学部建築学科に進学だろう。ひとまず僕は、神戸大学の工学部を目指すことにした。ひとり息子のこの夢に両親も大賛成で、特に親父は「建築学は、神戸の発展に必要不可欠だからな」と満足そうに言っては頷いた。

生粋の神戸っ子の親父の口癖は「神戸の役に立つ人間になれ」で、そのあとに必ず「うちの会社を継ぐにしても継がないにしても、市長や県知事あたりと顔見知りになって損はない。ってことは、まずは市の職員にでもなることだな」とくっつけた。親父は阪神間の経営者にありがちな典型的な甲南ボーイで、地元の経済界では相当に顔が利くらしい。経験上、行政側にも人脈がある方が息子の将来に何かと都合がいいと考えていたのかもしれないが、とにかく、親父のこの考え方は、僕の人生に少なからぬ影響を与えていた。

親父にはもうひとつ、強いこだわりがあった。それは、絶対に公立の学校に通わせるというものだ。僕の周りでは小学校から私学という子が多く、根っからのお嬢様育ちのお袋は、当然僕にもそうさせるつもりでいた。ところが、いざ小学校へ入学する年になると、親父は頑固にこう言い張ったらしい。

「ひと口に神戸っ子って言ったって、いろんな境遇の子がいる。そういうことは、毎日机を並べて過ごさなきゃわからないものなんだ。自分とおんなじような友達しか知らずに大人になっちゃ困るだろ？　これも真九郎のためだ」

エスカレーター式の学校で、厳しい世界を知らずに成人してしまった親父自身の後悔も、多少混じっていたのかもしれない。「お父さんに何度もそう説き伏せられて、しぶしぶ従うしかなかったのよ」と、ずっと後になってお袋はぼやいていた。

けれど、僕が二年連続国立大学の受験に失敗し、三度目の受験を控えた年の暮れのこと。今回も国公立はほぼ無理という現実を目の当たりにして、とうとうお袋の不満が爆発した。

「私はずっと、真九郎を私立の学校に通わせたかったのよ！　それなのにあなたが絶対公立だって言い張るから。せめて中学からでも私学に行ってたら、今頃は真九郎だって源田君と一緒に立派な大学生になってるはずだわ。源田君なんて、京大に現役合格よ！」

普段はいたって穏やかなお袋の鋭い口調に、さすがの親父も黙ってしまった。けれど、どの学校に通っていようが大して変わりないということは、僕自身が一番よくわかっている。親同士が親友で兄弟のようにして育った源田は、同い年の僕の目から見ても、子供の頃から利発でしっかりしたやつだった。それは彼が通っていた学校のお陰じゃなくて、持って生まれた彼の資質だ。

「真九郎、今年は絶対にすべり止めを受けろ。今までみたいに国立一本槍ってわけにはいかんぞ」

しばらくの沈黙のあと、親父は僕にこう言いわたした。

「あなた、すべり止めって、いったいどこを受けるんです？」

「甲南大だ。俺の出身校で十分じゃないか」

そして僕は翌年の一九八七年春、甲南大学の一回生になった。

ただ、大学生活のモチベーションは上がらなかった。この年頃の二歳の差は意外と大きく、周りと微妙に話題が嚙み合わない。さらに、理工学部に入ったものの、肝心の建築学の講義はほとんどなく、僕の足は次第に大学から遠のいてしまった。代わりに探しだしてきたのが、建築の専門学校だった。大学に籍をおいたまま、専門学校に通って建築士の資格を取ろうという計画だ。浪人時代、安くない予備校代を二年も払わせ、やっと大学生になったと思ったら、今度は専門学校に行きたいだなんて、さすがに「いい加減にしろ！」と一喝されるに違いない。そう思って恐る恐る話を切りだすと、

「そうか、まあ大学の卒業証書だけはもらってくるんだぞ」

と言っただけであとは何も言わず、親父は入学金と授業料を振り込んでくれた。

「真九郎さん、ふたつの学校の学費を払っていただいてるんですから、旦那様に感謝してしっかり勉強しなきゃいけませんよ」

家政婦の松本さんは、僕の好物ばかり入れた弁当を朝玄関で手渡すたびにそう言った。

そうして、四年間でなんとか大学を卒業し、二級建築士の試験にも無事合格できた時は、やっと親父に顔向けできると胸を撫でおろしたものだ。これで親父の望みどおり、市の職員になるための準備に専念できる。

ところが、いったん気が抜けると、今度はまた別のものに凝りはじめてしまった。

料理だ。

最初はほんの気分転換のつもりだった。けれど思い付きで作ったメニューが家族や松本さんに絶賛され、すっかりその気になってしまったのだ。単なる身びいきだとは思ったが、褒められれば嬉しいことに変わりはない。それから、ちょくちょく友人たちを自宅に招いては、オリジナル料理の試食会を開くようになった。材料費をかけ過ぎる、趣味にしては贅沢過ぎると松本さんに毎回注意されたけれど、僕の料理を心から楽しんでくれる仲間たちと他愛もない会話をすることが、自分にとっての何よりの精神安定剤だったのだ。自分の中で料理の比重が増すにつれ、公務員試験の方はどうなっているのかと両親はひやひやしているようだったが、敢えて何も言わずに見守ってくれたのはありがたかった。

そんな恵まれた環境のお陰もあって、僕は卒業後たっぷり三年かけ、二十七歳の春にようやく神戸市職員として社会に出た。

配属されたのは『企画調整局未来都市推進課』、神戸の魅力の創造を担う部署だ。クリエイティブな仕事内容にふさわしく、この課には優秀な人材が揃っていた。上司や先輩たちは、新入りの僕を丁寧に指導しつつ自分の仕事もてきぱきとこなす。おまけに、たとえ僕がミスをしても、彼らは決して声を荒らげるようなことはなかった。時々雷を落とす課長の吉川さんでさえ、むやみに僕を責めたりはしない。

職場の雰囲気に慣れるにしたがって、僕の中には徐々に余裕が生まれてきた。余裕と言えば聞こえはいいが、本当のところは周囲と自分の圧倒的な能力の差から意識を逸らしていただけなのだけれど。気が付けば、仕事中でも頭の中は料理に支配され、書類の余白は新作メニューの構想で埋まっていた。

「真九郎、いつまでかかってんだ。さっさとやらないと明日になるぞ！」

いつの間に来たんだろう。頭上から降ってきた吉川さんの声にハッと我に返り、彼のいつもの「しらんけど」を待つまでもなく素早く体勢を立て直す。僕の入職以来、幾度となく繰り返されるこのやり取りは、もはやこの課の名物といってもよかった。

そんな日々を過ごすうち、社会人最初の正月も明けた一九九五年の一月。僕の人生に突如として変化が訪れた。

街に冷たい浜風が吹き、低くたれこめた空からは今にも雪が降ってきそうな冬の日の午後、路上ライブの女の子に恋をしたのだ。

その日の朝、玄関にはきちんとたたまれたマフラーが用意されていた。特注のスワロフスキー・クリスタルのドアノブが思いのほか冷たく両手に息を吹きかけると、松本さんがさっと手袋を渡してくれた。

「今朝は冷え込みましたから、風邪ひかないように気を付けましょうね」

「はい、はい」

「それから真九郎さん、今日はお誕生日おめでとうございます」

「ありがとう。そうだ、松本さんも一緒に来てよ」

夜には友人たちを呼んで、誕生日パーティーを開く予定だった。そこで僕はいつものように手料理をふるまうことになっていたのだ。

「今日も、持ちきれないほど食材を買うんでしょう？　お供します」

松本さんは早速エプロンを外しコートをはおると、地下の駐車場に降りていった。十代の頃から我が家で働いている彼女は、歳の離れたお姉さんといった存在だ。兄弟のいない僕は、八歳年上の彼女を何かにつけ頼りにしていた。

自宅から西に二十分ほど車を走らせ、いつもの駐車場に停めると、僕たちは神戸を代表する市場の中の東山商店街をくまなく歩きまわった。今日の最大の収穫はウニだ。白木の箱に綺麗に並べられた輝くばかりのオレンジ色が目に入った途端、僕は値段など気にもせず三船ごっそり買い込んだ。

「真九郎さん、ちゃんと値段を見てください。ひと船十二万円もするんですよ。それを三つも！」

隣で松本さんが目を剥いていたけれど、首をすくめてやりすごした。

東山商店街は、いつでも活気に満ちている。大阪の黒門市場ほど威勢がいいわけではないし、京都の錦市場ほど観光客であふれ返っているわけでもないが、それでも東山商店街には独特の賑やかさというか一種の品格がある。まずは入り口にある鯛焼き屋で出来立てほやほやをひとつ買い、それを片手に食べ歩きしながら買い物をはじめるのがお決まりの習慣だ。子供の頃から僕は、松本さんとここに来るのが大好きだった。

商店街の中には馴染みのお惣菜屋さんが数軒あって、それぞれの店のご主人たちはいつも僕を甘やかしてくれた。決して試食とは言えないほどの量の麻婆豆腐を、本場の餃子や包子を、時には希少部位の焼き鳥をご馳走してくれる。揚げたてでまだピチピチと音を立てているアジフライを手渡してもらうと、即座にウスターソースをかけてかぶり付く。ここに来るたびに、バルセロナの裏路地にあるバルでピンチョスをつまむような居心地よさに浸りながら、一品一品に舌を鳴らす。

惣菜屋の隣の卵専門店の店先には、朝から晩までずっとだし巻き卵を焼いている職人がいて、年季の入った四角いフライパンが黒光りしていた。いつだったか、「俺は戦後すぐにこの商売をはじめたんだ」と言っていたから、彼はもう半世紀以上ここでだし巻きを作り続けていることになる。これがまたうまいのだ。

店先に並ぶ熱々のだし巻きから香り立つ、高級な昆布と鰹節のハーモニーに嗅覚を占領されたと思いきや、三軒先のベーカリー『ドンク』から、小麦粉が狐色に焦げた匂いが漂ってきた。もうこうなると伝家の宝刀、『ドンク』のフランスパンを七、八本。そうだ、今日はディナーの準備で手一杯だから、お昼は松本さんとサンドイッチをつまもう。となるとビーフカツサンドは外せない。薄い衣をまとった分厚い牛のヘレ肉に、酸味の効いたソースと少量の辛子がほどよく絡んだあれだ。神戸のパン屋さんでは時々見かけるが、以前松本さんが、

「まあ、サンドイッチにビフカツですか？」

と驚いていたことがあった。

「ふつうはトンカツだよね」

と返すと、

「いえ、ハムカツですよ、ふつうは！」

そう力説していた。

お昼ご飯の調達もぬかりなく終了。抱えきれないほどの食材と、シャンパンとワイン、そして僕たちを乗せた黒いチェロキーは、勢いよく北野坂を上っていった。

坂の上に建つ二軒の立派な異人館のあいだに我が家はある。五階建てのモダンな建物で、家の前では大勢の観光客が立ち止まり、あれやこれやと建築スタイルを評してはよく写真を撮っていた。屋上には神戸を一望できるテラス、地下には数台分の駐車場、その奥にはガラス張りのスパ。トレーニングジムとサウナとジャグジーが完備されていて、買い物から帰って車を停めると、ランニングマシーンで汗をかくお袋がガラス越しに手を振った。

食材が詰め込まれた袋をいくつも抱え、地下の駐車場から三階のキッチンに向かうエレベーターの中で松本さんが言った。

「今日は源田さんもいらっしゃいますか？」

「いや、あいつは来ない。今年からイタリア勤務になったから当分来ないよ」

「あら、今度はヨーロッパですか？　このあいだオーストラリアからお戻りになったばかりなのに寂しいわ」

「残念でした！」

幼馴染の源田が遊びにくると、松本さんは決まって張り切った。これは彼女に限ったことじゃなく、男前で背が高く、おまけに優しい源田はいつも女性陣に人気なのだ。

「源田さん、また海流の調査ですか？」

「そう、今度は地中海だって。しばらく戻って来ないみたいだから、今度、源田のメールアドレス教えてあげるよ」

「結構です」

「なんで？」

「ようやくファックスが使えるようになったばかりなのに、メールなんて、とてもとても」

「じゃ、ファックス番号教えとくから、今度ラブレターでも書いたら？　あなたがいなくて寂しいですって書いて、源田に会いに行けばいいよ！　親父にたっぷり餞別もらってさ」

そうからかうと、「バカなことを言わないでください」と呆れたような白い眼をこちらに投げてため息をつき、

「京大を卒業されてハーバードに留学なさってから、源田さんはゆっくり日本にお戻りになる暇がありませんね……。それにしても真九郎さん、旦那様からお餞別だなんて畏れ多いですよ！」

と、いつものように僕の冗談を軽くいなした。

松本さんとは気心の知れた仲だった。子供の頃からずっと一緒だから、僕のことならなんでも知っている。小学生の頃、夏休みの宿題は松本さんがやってくれた。中学生の頃、初恋の彼女に

送ったラブレターも松本さんが書いてくれた。高校生の頃、松本さんはテラスに僕を呼び、

「なにも恥じることではないのですが……」

と丁寧な前置きをし、洗濯物を干しながら夢精について解説してくれたし、親には転んだと偽った、先輩に殴られた傷跡の措置も松本さんがしてくれた。部屋の床に散らかったエロビデオを、あいうえお順に片付けるのだけはやめてくれ、と口論になったこともある。

二十歳を過ぎてからも何度かもめた。当時ハンチングが大流行していたのだが、おっちょこちょいの僕はお気に入りを何度も失くし、そのたびにがっかりしていた。するとお袋が、

「だから、ちゃんとしたものを持ちなさいって、いつも言ってるでしょ」

と、偏見と思い込みから構成された論理でもってバーバリーを買ってくれた。そして翌朝、玄関で新品のバーバリーをかぶった途端、僕はあごから喉仏にかけて妙な違和感を感じ、ぎょっとして鏡を覗き込んだ。すると、鏡の中にはゴム紐が縫いつけられたハンチングを頭に載せた間抜け面の男が。その背後に人影が映っているのに気付き思わずぞっとした瞬間、

「行ってらっしゃいませ。今日もしっかり学業に励んでください」

と、松本さんが深々とお辞儀をした。

「だからぁ、松本さんっ！」

長年僕の身の回りのことを一切合切してくれる松本さんは、僕を「坊ちゃん扱い」することから卒業できない。けれどそんな松本さんのことが大好きだったし、いつだって僕たちはお互いを

心から信頼していた。そうだ！　うちで迎えることになってしまった源田と彼女の初ベッドインのシーツの後片付けも、もちろん僕の時も、松本さんが全面協力してくれたんだ。あの時、

「お家騒動になりますから、これだけは絶対忘れちゃダメですよ」

と、後ろ手にこっそりコンドームを手渡してくれたのも、このエレベーターの中だった。

駐車場から三階のキッチンに到着した時には、ナイロン袋の持ち手が食い込み、指先は凍り付いたように冷たく紫色になっていた。僕たちは大量に買い込んだ食材を、ドサリとカウンターに置いた。

我が家のダイニングルームの一角に、僕のお気に入りのキッチンがある。セラミックカウンターのアイランドキッチンで、親父がミラノに特注したものだ。カウンターの真ん中にあるステンレスシンクは、松本さんの手でいつもピカピカに磨きあげられている。カウンターの高さは、僕の身長百八十センチに合わせて九百二十ミリに調節したから、高過ぎて包丁が持ちにくいだの肩が凝るだのと、松本さんはいつもぼやいていた。

石鹸でよく手を洗い、メインカウンターに平行して並ぶアイランドカウンターに肉と魚を置くと、僕は早速まな板を取りだした。

「今年はお誕生日が振り替え休日でよかったですね」

「もし平日だったら、有休を使ってでも休んでたよ。今日は腕を振るいますよ！」

十九時スタートを目指し、ディナーの準備は着々と進められた。間仕切りのないキッチンからは、ダイニングの様子がよく見える。松本さんはテーブルクロスとナプキンに丁寧にアイロンをあててから、デザートのパフェに使うチョコレートジェラートを手際よく仕込み、棚から出したたくさんの小鉢をひとつひとつ乾拭きしている。僕の前のコンロの上では、フォン・ド・ヴォーの大きな鍋が湯気を立てていた。フォン・ド・ヴォーとは子牛の出汁のこと。これをハーブの束で作ったブーケガルニと煮詰めると、今夜の一品、三田牛のローストビーフのソースになる。ちょうどいい頃合いを見計らって、僕は鍋からブーケガルニをつまみだした。

と、その時だった。大事なことを忘れていたのに気が付いた。今日の招待客のひとり、友人で一年先輩の井嵜さんがミス神戸に選ばれたお祝いに、ブーケを買っておこうと思ってたんだ。

「松本さん、どうしよう。井嵜さんのブーケ買い忘れちゃった」

「あら、でもまだじゅうぶん間に合いますよ。私が近所のお花屋さんに行ってきましょうか？」

「うーん、やっぱり自分で行くよ。井嵜さんはセンスいいし、アート系が好きだから。三宮に新しくできた洒落た花屋があるでしょ、あそこに行ってみる」

「じゃ、すぐに車出しますね」

僕たちは再びチェロキーに飛び乗った。

相変わらず三宮の街は賑わっていた。昨日も今日も神戸市内のあちこちで成人式のお祝いが行われ、きらびやかな和服姿の女性も多かった。とりあえず比較的人の少ない路上に駐車すると、僕は松本さんを車で待たせて花屋まで走った。

通りの角に建つ高層ビルの一階に目的の店はあった。いかにも洒落た店構えは流行りのミニマルデザインで、花屋と言うよりフラワーショップと呼んだ方がふさわしい佇まいだった。ガラスのカーテンウォールに覆われたファサードをくぐり一歩中に入ると、照明が一輪一輪の花を劇的に演出している。店内には軽快なハサミの音が響き、花の香りに混じって柑橘系の香りが漂っていた。ベテラン職人のような革の前掛けをした女性スタッフは、慣れた手さばきで花の手入れをしていたが、僕と目が合うとハサミを置いて、「何をお求めでしょう？」と声をかけてきた。

「若い女性へのプレゼントですと、これなんていかかでしょう？　今、流行っているんですよ」

と彼女が熱心に勧めてくれたのは、薔薇をメインにしたボックスタイプのアレンジメントだった。

「当店のスペシャリティーで、神戸ではここでしか買えないものです」

と言いながら、薔薇のバリエーションを何度も変えてみせてくれた。どのパターンも洒落ていて素敵だったが、少々コンパクト過ぎるのが気になった。ゴージャスで自由奔放な井嵜さんのイメージとはなんとなく違う気がする。

散々迷った挙句、白い薔薇を三十本、ブーケにしてもらった。けれど、店を出るや否や後悔しはじめた。パーティーの準備を中断して、わざわざここまで来たのに、洒落た気遣いどころかなんの変哲もない花束を買ってしまった……。ショーウィンドウには、花束を抱えて突っ立っている男が映っていた。彼はゆっくりとうつむいて花束を覗き込む。そこにはただ白い薔薇が香っていた。

花束を抱えふらふらと歩きはじめた僕は、いつの間にか人波にのまれてしまい、花束をつぶされないように気を付けながら、とりあえず流れに身を任せた。オレンジの実がなっている街路樹の通りでようやく抜けだし、そのまま進んでいくと小さな公園に差しかかった。短い冬の陽はすでに傾きはじめ、あたりが薄暗くなって街灯に明かりがともった。にわかに舞いはじめた粉雪が、光源の真下だけに降っているように見えた。

街灯の周囲には人だかりができていて、真ん中に佇むひとりの女性の姿には、どこかで見覚えがあるような気がした。すらりとした長身に長い手足、小さな顔。ウェーブがかかったロングヘアーを指ですく仕草。キリッとした目鼻立ちにメリハリのある唇、そして真珠の首飾りのように綺麗に並んだ歯……。誰だっけ？

——そうだ！

思い出した瞬間、世界は停止した。それはまさに、理想の女性だった。あまりにも思い描いてきた姿そのものだったから、見覚えがあると錯覚したらしい。

彼女は公園でギターを弾いていた。甘い声で情熱的に、時にしっとりと歌いながらギターをかき鳴らす。艶やかな木目のアコースティックギターは、むせび泣いたかと思えば、激しく叫ぶように夕暮れ時の公園に響いた。僕はその場に釘付けになり、完璧に心奪われていた。

はじめ三十人ほどだった観衆は徐々に増えていき、彼女が続けて二曲歌い上げると、喝采を送って次々とギターケースにチップを落とした。彼女は言葉をはさむことなく、今度はラップ調の曲を歌いはじめた。日本語の歌詞をまるで英語のように滑らかに発音し、全く途切れることなく、激しくも哀愁を込めて歌い続けた。曲が終わり彼女がお辞儀をするのと同時に再び雨のようにチップが落とされ、周囲をかこむ石造りのレトロなビルに拍手がこだました。拍手が止むと、彼女はやはり黙ったままピックを持つ手に白い息を吹きかけた。かわいそうに、指がかじかんでいるんだろう。

僕の足が動いたのは、次の曲の準備をはじめた時だった。チューニングをする自分の前に突然現れた見知らぬ男の顔を、奥底まで澄んだ瞳がきょとんと見つめた。ふたりの視線が合った十秒ほどの間、彼女は目を逸らさなかった。その途端、人生最大のときめきが僕の分別を狂わせた。

苦しいほどの胸の高まりに身をまかせ、抱えていた花束を渡すと、彼女は臆することなく受けとってから小さくお辞儀をし、再び僕を真っすぐに見て微笑んだ。粉雪が舞う公園で、花束を抱えた路上ライブの女の子に大喝采が送られ、拍手が鳴り止まないうちに僕は彼女を連れ去った。

車を停めた道まで戻ると、エンジンがかかったままのチェロキーが見えた。助手席から運転席に移動した松本さんが、腕時計を指で叩いて「急いで！」と言っているのがフロントガラス越しに見える。まずい、遅刻してる。僕は彼女を連れて車に飛び乗った。車を飛ばし派手にクラクションを鳴らしながら、松本さんは時々バックミラーを覗いては、後部座席の見知らぬギタリストを気にしていた。案の定家に着いて車を降りると、「真九郎さん、こちらの方は？」と尋ねられたが、「新しい友達だよ」と強引に振り切った。

ダイニングには招待客全員が揃い、パーティーはすでにはじまっていた。最近シャンパンに凝っているお袋は、井嵜さんと長嶋さんを相手に早速グラスを傾けている。お袋は彼女たちをとても可愛がっていた。三人揃って買い物に出かけることも珍しくなく、帰宅すると、「娘がいる人が羨ましいわ」と僕にため息をついてみせるのが常だった。まぁ、その気持ちもわからないではない。歴代ミス神戸のふたりは話題も豊富で、井嵜さんはアートやワイン、長嶋さんはスポーツに詳しい。何時間話しても、お袋を飽きさせることがないのだ。やはりミス神戸だったお袋は、ふたりの美しさと聡明さを心から誇りに思っていた。

ヴェネツィアンガラスのシャンデリアにシャンパンの泡がキラキラと反射し、優雅な香りを放つ。コルク栓がいくつも転がるテーブルの中央の席に彼女を座らせると、僕はダイニングが見渡せるオープンキッチンに立った。突然の見知らぬ来客に会話はピタリと止まり、一瞬空気が固まった。が、さすがは頼れる先輩井嵜さんだ。機転を利かせ上手くまわしてくれた。

「はい。では改めて、真九郎の二十八回目の誕生日をお祝いしましょう！　それから緊急報告として、真九郎の新しい彼女さんもみなさんにご紹介します。真九郎、今日はそういう会だよね？

おめでとうございます」

井嵜さんがそう言い終えると、みんな手を叩きはじめたが、その響きはどこか空々しく、まるで転校生を迎える小学生のようだった。彼女の向かいに座る親父のおでこには『こんなこと聞いてないぞ！』とくっきり表示されている。お袋は『新しい彼女って……いったいどういうことなの？』と目で訴えていたが、敢えて笑顔を作り、隣に座っている井嵜さんから詳細を訊きだそうとしている。

「そうだよ、僕の彼女だよ」

不自然な沈黙が定着する前に、キッチンからカウンター越しにそう明言した。そして、

「ごめんね、急に誘っちゃって」

と笑顔で彼女に言った。

「全部サプライズだったから、彼女は何も知らなくて。だから普段着のままだけど、まぁいいじゃん。みんな、よろしくね！」

前菜を盛り付けながらそう続けると、

「よ！　色男。じゃ早く彼女さんを紹介しろよ！」

といつも調子のいい阿部が言いだし、仕方なく、

「では自己紹介をお願いします」

と彼女に振った。実際そうするしか術がなかったのだが、意外にも彼女はすんなり立ち上がっ

た。うつむいて流れた髪を耳にかけ、いったんはためらうような素振りを見せたけれど、再び顔を上げて口を開いた。

「わ、わ、私の、っな、っな、名前は、マ、マツミヤ、ア、ア、アケ、アケミです」

まさかと思った。パーティー会場は水を打ったように静まり、誰も互いに目を合わせようとしない。この時ばかりは井嵜さんも明らかにたじろいでいた。

沈黙を破ったのは親父だった。親父はすっと立ち上がると、

「はじめまして。真九郎の父、洋一です」

と、彼女に向かって穏やかに言った。いつの間にか親父のおでこの表示が『ウェルカム』に変わっていた。

「じゃ、みんなで乾杯しましょう！」

親父は全員の顔を見渡しながらそう続け、笑顔で彼女にシャンパングラスを突きだして言った。

「ア・ヴォートル・サンテ！」

乾杯がはじまった。親父は乾杯にはいつもイタリア語の『チン・チン』を使う。けれど、気分のいい時に限りフランス語の『ア・ヴォートル・サンテ』を使うのだ。息子の歴代の彼女にフランス語はなかったはず、こんな親父の様子ははじめてだった。お陰でテーブルが和み、井嵜さんと長嶋さん、お袋も彼女と楽しそうに話しはじめた。

初対面の女性同士なら、まずはお互いの今日のファッションについて会話をはじめるのが定石

だろう。けれど、路上ライブ中に突然連れてこられた彼女の服装がパーティー仕様なわけがない。TPOをわきまえない女性に見られやしないかと内心ひやひやしていると、井嵜さんが彼女のブレスレットに注目してくれた。

「このブレスレット、よく似合ってるわ」

「ありがとう。おばあちゃんの形見なの」

「おばあちゃま、素敵なセンスね」

井嵜さんは、彼女の左手首のブレスレットにあしらわれた三つの真珠を指先でそっと撫でて優しく言い、彼女はほっと心を開くように微笑んだ。それを合図に、女性たちのやり取りを遠巻きに眺めていた男性陣も加わりはじめ、気が付けばひとつ会話の輪ができていた。華やかなテーブルの真ん中で、彼女はひときわ輝いていた。

僕はキッチンとテーブルを往ったり来たりしながら調理を続け、ダイニングを見渡せるカウンターの内側から様子を窺っていた。最初彼女は、「こんな豪華なディナー、はじめてなんです」と緊張している様子だったけれど、変に物怖じすることもなく、誰よりも楽しんでいるように見えた。

親父も彼女とは話が合ったようで、音楽に話題が移ると、自分の一番好きな曲、桑名正博の『月のあかり』を歌ってくれと言いはじめた。すると彼女は臆することなく立ち上がり、ケースからギターを取りだして静かに歌いはじめた。じっと聴き入っていた親父は、腕組みをしたまま、うーんと唸って涙腺を緩ませた。

不思議なことに、会話では何を言っているかわからないほどの吃音なのに、ひとたび歌いはじめれば、その片鱗すら現れない。それがなおさらみんなの心を動かした。歌い終わるとお袋、井嵜さん、長嶋さんと楽しそうに語りあい、笑いあってははしゃいでいた。きらびやかなパーティーの中心に君臨するのは、紛れもなく彼女だった。

それでも彼女は謙虚だった。小さな心遣いにもお礼を言い、一品一品運ばれてくるたびに手を合わせ、詰まりながら「いただきます」と言っている。調子に乗った仲間たちの質問攻めにも一生懸命に答えようとする姿を、僕は鍋を手にキッチンからさりげなく見ていた。彼女の自然な態度のお陰だろうか、その頃には吃音もたいして気にならなくなり、みんなごくふつうに受け入れていた。阿部が「路上ライブは一回でどれくらい儲かるの？　チップの最高額は？」などと野暮な質問を並べたてると、彼女に代わって井嵜さんと長嶋さんが反撃を浴びせた。

どうやら彼女は最初の音が上手く発音できないようだった。そこに詰まると、呼吸することを忘れたかのように口と喉の動きはぴたりと止まった。時にはその状態が一分以上続くこともあり、僕の方がおたおたしてしまったが、しばらくすると、はっと思い出したかのように息を吸ってようやく次の言葉が出てくる。そんな彼女のペースに合わせる術を、僕らは徐々に体得していった。

ディナーもそろそろクライマックスに差しかかった。今夜のメインディッシュは、今朝市場でプリプリのウニを見た瞬間に決まっていた。まずは十五センチほどの筒切りにしたフランスパンを、竹を割るように半分に切る。そして切り口にお袋がベルギーから取りよせた最高級の発酵バターをたっぷり塗ってフライパンで軽く焼き、焦げ目がついたパンの上に橙色に輝くウニをずらりと並べて盛り付けた。あたりはとろけたバターと焦げた小麦粉が奏でる、かぐわしいハーモニーに包まれた。

「さぁ、メインディッシュをどうぞ」

僕が促すと、早速みんなパンにナイフを入れた。が、食べやすいサイズに切ろうとしても、どうしても上手く切れない。しびれを切らし何人かの男子が手に持ってかぶりつこうとしたけれど、女性陣はそうもいかない。再度ナイフを入れてみるものの、焼いてバターを塗ったフランスパンを魚用のテーブルナイフで切るのは難しかった。

僕のミスだった。しまった！　と彼女の方に視線を移すと、案の定、両手にナイフとフォークを持ったまま戸惑っている。すると親父が声をかけた。

「好きなように食べればいいよ」

「は、はい」

「手で持ってがぶっと食べてもいいし」

「あなた！」

お袋が制した。彼女は迷うような素振りを見せたあと、僕に向かって、

「じゃっ、じゃあ、白いご飯を少しだけ、い、いただいてもいいですか？」

と遠慮気味に言った。

「もちろん！」

僕と親父の声が重なった。そして僕は慌てて棚にあった小鉢をひとつ手に取り、炊き立てのご飯をよそって彼女に手渡した。

「ごめんなさい。あの……、ウニ丼にしちゃってもいいですか？」

彼女がご飯をリクエストした時から、どうするつもりか気になっていたのか、小声だったにもかかわらず、この発言に全員の動きが止まった。空気を察し敢えて明るく「もちろん！」と言うと、彼女は小鉢を手にして小さく「ありがとう」と呟いた。

そして彼女がフォークを握り、パンの上のウニをすくい取ってそっとご飯に載せようとした時だった。親父の声が響いた。

「ちょっと待って！」

予想外の鋭い口調に、一瞬その場が凍り付いた。しかし、はなからそんなことを意に介する親父ではない。僕らの緊張をよそに、親父は空のシャンパングラスを手に取ると、テーブルの上の紅白のワインビネガーをタプタプと交互に注ぎ、さらに塩をひと振りふた振り。細長いシャンパングラスを器用に操り、ベテランのバーテンダーよろしく緩急つけてシェイクしはじめた。いったい何が起こっているのか？　それを僕たちが理解するより早く、目の前に気泡を含んだシャンパン色の合わせ酢が現れた。

「アケミさん、ご飯をここに」

親父はそう言うと、右手にグラスを持ったまま、左手を前に伸ばし人差し指でテーブルの上を軽く二回叩いた。言われるままに彼女が小鉢を差しだすと、親父はその上でシャンパングラスを少し傾けさっと一周させた。炊き立てご飯の湯気で酢が香り立つ。彼女の手の中で白いご飯は黄金色に輝きはじめた。

「そこにウニを並べてごらん」

その声に茶目っ気が含まれているのを、聞き逃す者はいなかった。それがよほど嬉しかったのか、彼女の顔に見る間に柔らかな笑みがひろがった。そして彼女がフランスパンの上からご飯の上に丁寧にウニを移動させる頃には、親父の即興から生まれた黄金色の酢飯に全員が感嘆の声をあげ、次々に小鉢のご飯をリクエストしはじめた。

テーブルの横でずっと給仕係をしていた松本さんが、慌てふためいて小鉢にご飯をよそっている僕のサポートにやってきた。そして「今日のウニ、大好評でよかったですね」と言ったあと、「私もこっちの方が食べたいわ。だってやっぱり美味しいものは、ふつうに美味しく食べたいもの」

と背後からささやいた。振り返ると、まるではじめからこうなることを見越していたかのように、松本さんの手にはすでにわさび醤油がスタンバイされている。そしてあまりの用意周到さに唖然とする僕をしり目に、何食わぬ顔で彼女のもとに行き、ウニ丼に最後の仕上げの琥珀色のしずくを滴らせた。

「これでお召し上がりください」

彼女に銀のスプーンを手渡した松本さんの微笑みは完璧だった。

いよいよデザート、チョコレートパフェだ。各層ごとの食感の違いを意識して中間にはジェラートを仕込んだが、松本さんが手がけたジェラートは上出来だった。濃厚なヴァニラとビターチョコレートの香りの絡み合いは、冬にぴったりだ。満足感に包まれていくのを感じながら、僕は慎重に最後の一品を完成させ、大きくひとつ安堵の息をついた。

デザートを供したあと、改めてオープンキッチンから眺める彼女は美しかった。ナイフもフォークもまるで体の一部のように使いこなして滑らかに料理を口に運び、ワインをひと口飲むごとにグラスに残る口紅を右手の親指でそっとなぞった。その仕草は生まれ持った品を感じさせた。彼女の笑顔にはどこか尊さがあり、同時に不思議な雰囲気も合わせ持っていた。

前掛けを外しようやく席に着くと、みんなの温かい拍手が僕を包んだ。すると彼女はすっと立ち上がり、上質なオペラを観た人がよくそうするように、僕に向かって惜しみない拍手を送ってくれた。フルコースを出し切った達成感に浸ってシャンパンを口にすると、今日は少しばかり緊張していたんだろうか、じわじわとからだが和らいでいくのを感じた。その心地よさに身を任せ、僕は真っ逆さまに恋に落ちていった。

デザートの後にみかんを供するのは松本さんの癖だ。僕のお客たちはいつもそれを喜んでくれた。各々剝いたみかんの皮を綺麗にたたんだあとラウンジに移動し、食後酒を楽しみながら誕生日プレゼントで盛り上がった。

暖炉に残ったわずかな火に新たな薪をくべる頃には、時計は深夜二時を回っていた。仲間たちはすでに姿を消し、僕と彼女ふたりだけが残った。パチパチと心地よいリズムを奏でながら薪が燃えはじめた。

「音楽のようね」

炎を見つめ、少しつかえながら彼女はそう呟くと、本棚に並んだ芸術家や建築家の作品集の方に視線を移した。

「それ、親父のコレクションなんだ」

「ミュージシャンの本もたくさんあるのね」

やはり音楽関係の本が気になるらしい。

「……お父さんは、……音楽が、好きなの？」

その質問には時間がかかった。ひょっとして「お」ではじまる言葉が苦手なのかもしれない。

「そうなんだ。親父は若い頃、音楽家を目指してて、友達には結構有名なミュージシャンもいるよ。ビートルズの初来日の時は、武道館の最前列で観たんだって」

「羨ましい」

彼女は浅井慎平の写真集『ビートルズ・イン・トウキョウ』を手に取ると、ゆっくりとページをめくり、「私、ジョン・レノンが好き」と呟いた。そしてギターを手に取ると、小さな声でイマジンを歌ってくれた。胸の奥底に届くイマジンだった。

弾き終えてギターをソファに立てかけると、彼女は再び本棚の前に立ち、下の段に並ぶ建築家の作品集の背表紙を指でなぞりはじめた。気になっているのはフランク・ロイド・ライトの写真集のようだった。

「この人のデザイン、好き」

「僕も好きだよ。帝国ホテル泊まったことある？」

何気ない質問だったのに、彼女は一瞬顔色を変え、

「な、な、な、何、その質問？」

と低い声で言った。まずい、余計なことを言ってしまったかもしれない。すると、

「ラブホテルなら、泊まったことあるけど」

とさらりと続けたので、今度は僕の方がひるんでしまった。あたふたする僕の目を、彼女はいたずらっ子のように覗き込んできた。

何もやましいことはない。なのに僕は、ホテルから話を逸らさなくてはと焦った。出会ったその日にラブホの話はしない、ラブホとはそういう所。自ら墓穴を掘るのは見え見えだ。それとも、初日から彼女の生々しい部分を知りたくなかったのかもしれない。だから僕はラブホから、いや、

ごっそり建築から音楽に話題を戻そうとあの手この手を使った。

それが功を奏したのか、一段上のミュージシャンコーナーに視線を戻した彼女が手にしたのは、アメリカンロック史にその名を刻む伝説のバンド、イーグルスの限定版写真集だった。

「それ、親父の宝物なんだ」

「私もイーグルス、好き」

「僕も好きだよ。一番好きな曲はホテル・カリフォ……」

「あら、またホテルに戻っちゃった？」

と、即座にイタい指摘が入った。からかわれて恥ずかしそうにうつむく僕を見て、彼女はこらえきれず笑いだした。こうなると一緒に笑ってごまかすしかなかった。

彼女はエリック・クラプトンの写真集を手に取ると、

「ギターの神様」

と呟いてページをめくった。

「それ、親父が去年クラプトンのロンドンライブに行った時に買ってきた写真集だよ」

「羨ましい。私も行ってみたい」

「今年もワールドツアーやってるみたいだから、どこかで招待するよ」

まんざら冗談でもなかった。

「本当？　嬉しい」

柔らかく微笑むと、ソファに立てかけていたギターを再び手に取って、クラプトンの代表曲『ティアーズ・イン・ヘヴン』を弾いてくれた。

歌声の切なさに僕の心は震え、滑らかに響く英語の発音に改めて驚いた。留学でもしていたんだろうか。

思わず褒めると、

「英語上手だね」

「まぁね」

と軽くかわし、ギターケースからオレンジ色のピックを取りだして、聴いたことのない曲を歌いはじめた。

「誰の歌？」

「私のオリジナル」

「へー、はじめて聴く曲だけど、耳に残る感じがいいね」

「はじめて？　二回目のはずよ」

「え？」

「路上ライブにあなたが来てから、二曲目に歌った曲」

「え、そうだったっけ？」

――また、やっちまった。赤っ恥三連発。穴があれば入りたい気分だった。

「あの時、観衆の中にあなたを見つけて、この曲好きになってくれたらいいなって、オリジナルを歌ってみたの」

結構な長文をあまりつかえずに言ったが、やはり「オリジナル」の「オ」が引っかかっていた。

「そうそう、この曲！　思い出した！　気になってたんだよ」

僕の必死の挽回を彼女は軽く笑って許し、もう一曲歌ってくれた。

私の口は壊れていて
想いをうまく伝えられない
喉の奥に文字が引っかかって
呼吸ができなくなって
苦しくなって
悲しくなるの
でもいつも笑って生きていたいよ
ヘラヘラしたやつだと思われても仕方ないかな？
一度でいいから
好きになった人に
好きだよって

ふつうに言ってみたい
一度でいいから

切ない歌だった。歌い終わり言葉をなくしている僕に微笑むと、彼女はピックを置いてギターをケースに片付けはじめた。そこで思い切って訊いてみた。

「気に障ったらごめんね。ずっと気になってたんだけど、あの……、歌う時はどもらないの？」

すると言い慣れた台詞のように答えた。

「不思議でしょ〜？」

「そうなんだ。ラップなんかすごかったよね、少しも噛まないんだもん」

「お、お、お、おかしいでしょ」

それから僕たちはしばらく話し込んだ。

彼女は自分のことを『自称ミュージシャン』と呼んでいた。それが気になって、

「あんなに素晴らしい歌を歌えるんだから、ミュージシャンでいいよ、もっと自分に自信を持つべきだよ」

と言うと、ふたつの違いについて説明してくれた。

「やっぱりCDを出してるか出してないかの違いは大きくて、プロと呼ばれるかアマチュアと呼ばれるかの決定的な差はそこにあるの」

「つまり、自称ミュージシャンはプロじゃないってこと?」

「まぁね、でもCD三枚くらいなら、いつでも出せるほどのオリジナル曲は持ってるんだけどね……」

　と微笑んだ。

「それって、建築家と建築士の違いにちょっと似てるね」

　話題を変えるつもりでそう言うと、彼女は「そうなの?」と僕の顔を覗き込んだ。

「僕、自分のことを建築家だって思ってるんだ。でも実際は市の職員の建築士で、職場にいる先輩たちも自分たちは建築士だって言ってる。もちろん名刺の肩書きも建築士。真九郎、お前恥ずかしくないのか?　自分のことは建築士と言え!　って上司にいつも注意されるんだけど、やっぱり僕は自分のことを建築家って呼びたいんだ」

「自分に自信を持ってるから?」

「え?　う～んと……まぁつまり、その……」

　返答に窮していると、「冗談よ」と微笑み、しばらく優しい眼差しで見つめてくれた。彼女の賢明さにはお手上げだったが、決して人を傷付けたり追い込んだりするようなものではなく、粋なセンスと上質な第六感を備えていた。

　彼女はこんな話もしてくれた。観衆が本気で聴いているかどうかは、すぐにわかるそうだ。真剣に聴き入っている人は、背後からミストのようなものが出ているらしい。それから、さっき答えなかった阿部の愚問にもあっさり答えてくれた。

「昨日のチップは四万六千円。今日はあなたが途中で現れたから、三万円くらいだったわ」

愚かにも四万六千に三十をかけたら、自分よりはるかに稼いでいることに気付き、ぎゅっと目をつむって頭を振り、なかったことにした途端、

「まあ、毎日そうじゃないけどね」

と、まるで僕の劣等感を見透かしたように笑って言った。

「それから、一回のチップの最高額はね、酔っ払いが置いていった五万円。でも、たぶん千円札と間違えてたわ、申し訳ないけど」

「結構儲かるんだね」

「全部貯金してて、ある程度貯まったら上京するの」

僕は言葉に詰まってしまった。魅力的な彼女のことだ、路上ライブで怖い目に遭うこともあるだろう。そう思うと、守ってあげなければという使命感みたいなものが、にわかに湧いてきた。するとまた胸が高鳴りはじめ、僕は暖炉の前に立つ彼女の指にそっと触れた。彼女は僕の手をしっかり握ってくれた。

「テラスから夜景を観てみない？　綺麗だよ」

我が家の屋上は、神戸の街を一望できるテラスになっている。街はまだ眠っていた。大阪湾に

月あかりがしんしんと降り、風も波もない穏やかな夜だった。彼女もまた穏やかに微笑みを浮かべて手すりにもたれ、そっと抱きしめると僕を受け止めてくれた。暖炉のほてりが残る彼女の頬は、柔らかく滑らかだった。

夜はゆっくりと流れた。もっと強く抱きしめると、僕の胸に彼女の鼓動が伝わってきた。この世に僕と彼女と月しか存在しなかった。

「ライブを途中でやめて誰かについて行ったことなんて、今までなかったから。そんなのあり得ないから。なのに、今日は……私どうかしてた」

そして、「あなたはまさに理想のタイプだったのよ」とささやいた。「君も僕の理想の女性そのものだよ」とささやき返すと、「嘘つき」と言った。「どもりが理想のタイプだなんて、そんな人いるわけないじゃない……」

空にかかる月は、微かに紅く染まっていた。満月ではなかったけれど、ふくよかな月だった。会話はいつの間にか月の上に落ちていった。彼女は独特な感性で月を語り、唇からこぼれ落ちる言葉のひとつひとつが、僕の心をしっとりと濡らしていった。

月を愛でる美しい横顔を、僕はちらりと覗いた。キスがしたかったのだ。月あかりがほのかに頬を照らし、月の住人ではないかと思うほど綺麗だった。

「つっ、つっ、月が綺麗ね。つっ、つっ、月は眠りに落ちた太陽の、美しい夢なのかなぁ」

静かに、そして一生懸命に彼女はささやいた。

胸が熱くなった。詩的な表現には、いつも泣きたくなるほど感動してしまうのだ。それとも、あまりにもまっすぐな彼女の内面に触れたからだろうか。

つまる胸を抑えながら振り向くと、涙が頬をつたう瞬間だった。涙はさらさらと降りしきる月光を吸収し、まるで月の雫のようだった。僕は両手の親指で彼女の頬をぬぐい、瞳をじっと見つめた。向こう側にアンドロメダが見えそうなほど透明な瞳だった。

彼女は微笑んだあと、希望とも絶望ともつかぬ表情で再び僕を抱きしめた。もう離したくないと思った。だからキスをした。

永遠ほどの時間が流れたあと、東の空が微かに明るくなりはじめた。夜明け前の静かな街を見下ろしながら、

「今日も平和ね、神戸の街は」

と彼女が呟いた。確かにその通りだ。海、街並み、六甲の山々――。朝の気配の中、全てが安心したように眠っていた。

「だよね」

僕は再びキスをして彼女の胸をそっと触った。彼女は僕を受けとめ目を閉じた。耳元で何かささやこうとしたけれど言葉が上手く出てこず、少しきまり悪そうな微笑みを浮かべて僕を見つめた。

彼女はそっと僕から離れると、椅子に置いてあったマフラーを首に巻きはじめた。柑橘系の香

りがふわりとひろがった。

「電話番号ちょうだい。それで……今日はもう帰る」

時計を見るともう五時をまわっていた。

玄関まで降りて彼女に電話番号を書いたメモを渡し、それから花束を手渡した。

「ありがとう、今日はとても嬉しかった。でも、これ誰にあげるつもりだったの？」

「あ、あ、あの……そ、そ、それは……」

予期せぬ質問に僕がつっかえると、嘘に蓋をするように唇を重ねてきた。柔らかく温かかった。


車で送ろうか、と言う僕の言葉を、もうすぐ始発だからと彼女はきっぱり断った。結局、電話番号も住所も告げず、僕に背を向け北野の坂道を下って行った。最初の交差点に差しかかったところでこちらを振り返り、花束を大きく振って見せた。その姿は、夜明け前の薄暗がりにもかかわらず陽炎の向こう側を行く人のようにゆらめき、そのまま角を曲がって消えていった。

「アケミさん！」

思わず大きな声で呼ぶと白い息だけが残った。


暖炉の前に戻った時、なぜか胃袋の底に重いものが溜まっていくような感覚を覚え、気を紛らわそうとテレビをつけた。祭りのあとの静けさと軽い疲労を肩のあたりに感じ、ソファに身を任せたが、いつもは適度な弾力が心地よいコルビュジエのソファなのに、なんだろう。どこまでも沈んでいくようなこの嫌な感じは……。

まだ暗い部屋の中で、日付だけが表示されたテレビ画面のカラーバーに照らされて、うとうととまどろみはじめた頃、遠くのほうから地を這って何かが近付いてくる気配がした。

一九九五年（平成七年）一月十七日、午前五時四十六分五十二秒が訪れようとしていた。

2章　アンティーク・ソファ

関西に大地震はない。そんな迷信を信じていた僕たちを、マグニチュード7・3の直下型が襲った。

突然、強い衝撃が僕の体を突き上げドーンッという音がした。——!?　ガス爆発か!?　と思うと同時に、激しい揺れでソファから振りおとされた。ガラスが砕け散る音がする。ギチッギチッと家全体が軋む不気味な音に合わせ、キャビネットの上のテレビがものすごい勢いで右に左にすべっている。本棚の横板が本を載せたまま次々と降ってきて、ブックエンド代わりのブロンズ像が、まるで生きているように床の上を転げまわった。

——地震だ!!

次の瞬間、親父とお袋のことを考えた。揺れが収まると這うようにして階段を降りていって、ふたりの無事を確認した。そこに、すでに起きて朝食の準備に取りかかっていた松本さんも青い顔をしてやってきた。全員無事だったことがわかると、両親のことは彼女に任せ、僕はすぐさま市役所へ向かった。ただ事でないのは明らかだった。

北野坂を下るにつれて、信じられない光景が目の前にひろがってきた。ついさっきまで平和に眠っていた街が、完膚なきまでに破壊しつくされていたのだ。ありとあらゆる建物が傾き倒れ、いたる所で道をふさいでいる。交差点の角の見慣れたマンションは一階の駐車場の柱が折れて今にも倒れそうなほど傾き、部屋から飛びだしてきたまま行き場を失った親子が、身を切るような寒さの中パジャマ姿で呆然と立ちつくしていた。ようやく昇りはじめた朝日が、彼らの影を長々と地面に映しだしている。時々、家族の名前を呼ぶ悲鳴のような声が聞こえる。地獄絵図。そんな言葉が脳裏に浮かんだ。

絶え間ない余震の中、通れる道を探しては迂回を繰り返し、やっとの思いで市役所の全貌が見える所までたどりついた時には、思わず「よかった!」と声が出た。市役所はちゃんと建っていた。が、どうもいつもと様子が違う。よく見ると、二号館の六階部分は完全に潰れ、危ういだるま落としのように七階から上が北に向かってずれていた。

陽が高くなるにつれ職員たちが徐々に集まりはじめたけれど、お互いの無事を喜びあう暇もなく、各自すぐさま任務へと突入した。昼も夜もない日々のはじまりだった。

地震発生から日を置かずして、僕は大勢の職員とともに被災地を歩きまわった。神戸市全体の建物の損壊状況を把握するためで、真っ先に、今回の巨大地震でこの街と住人がどれほどの被害を受けたのかを明らかにする必要があったからだった。神戸市の職員はもちろん、他都市からの応援百八十名を含めた三千六百六十人が現場に出向き、しらみつぶしに作業を進めた。僕はこの時、直下型地震の恐ろしさを思い知らされることになった。

比較的被害の少ない地区から道一本隔てただけで景色はがらりと変わり、原形をとどめないほどに崩れた住居や、亀裂が入り壁が剝がれおちたビルがいたる所に見えた。瓦礫の隙間を縫うようにして歩を進めると、完全に潰れた駅舎と地面まで落下した高架が現れ、その先で僕が目にしたものは……この世のものとは思えない光景だった。頭上を走っているはずの高速道路が、巨大な壁となってゆく手を遮っていたのだ。道路を支えていた柱はことごとく倒れて横たわり、豆腐のように砕け散ったコンクリートの下から何千本もの鉄筋が剝きだしになっている。その鉄筋も、まるで糸こんにゃくのようにぐにゃりと曲がっていた。

信じて疑わなかった現代の叡智の結晶が崩れさり、見るも無残な姿を晒している――。終わった、この街はもう元には戻らない。僕はその場にへたり込んでしまった。

どれくらい放心していたのか、仲間の声で我に返るとよろよろと立ち上がり、重い足を引きずりながら僕は再び歩きはじめた。

六甲山に続く坂道を上りきって、小高い丘の住宅地から見下ろすと、ブルーシートばかりが目立つ街の中を、迷彩色の車両の隊列が西から東へ砂埃を巻きあげながら延々と続いているのが見えた。戦争でもなければ見ることはないだろうと思っていた車列が、現に自分が住む街に出動している様は、日常が完全に崩壊したことを告げていた。

それでも前に進むしかなかった。僕は街中をくまなく歩きまわりチームの人たちと黙々と作業を進めた。損壊状況の確認といっても、外からの目視に頼るしかなかったが、外観に目立った被害がなくても構造部分にダメージを受けている建物も少なくなかった。そんな時、建築士としての知識が役に立ったことは幸いだった。

くる日もくる日も足を棒にした結果、僕らの認定をもとに市民から六十一万九千百十四件の罹災証明の申請があり、五十五万七千六百五十七件の証明書が発行された。あとになって吉川さんから「あの時の人海戦術が、罹災証明書の迅速な発行につながったんだ。厳しい状況の中でお前たちが地道に働いてくれたからこそ、被災者の人たちも生活再建への第一歩を踏みだすことができたんだぞ」と言われた時は、さすがに嬉しかった。

災害時には、力仕事も重要な任務だった。損壊状況の認定作業をひとまず終えると、全国各地から大量に届く救援物資を仕分けして避難所に運ぶ仕事の担当となった。が、神戸中に散らばる膨大な数の避難所へ平等に物資を届けるのは至難の業だ。特に食べ物となると事態は深刻で、僕たちは各避難所への配分に細心の注意を払った。プライバシーのない避難所で我慢を強いられているうえに、先の見えない不安を抱えた人々の顔には濃い疲労の色が漂っていたが、それでも食事を手渡すと笑顔でお礼を言ってくれる人がほとんどだった。中には「いっつも、悪いなぁ。にいちゃん、ちゃんと休んでるか？　たまには休まへんと体がもたへんで」と逆にこちらを気づかってくれる人もいた。

そんなある日、いつものように避難所となっている学校へ救援物資を運びこんでひと息ついたあと、僕は廊下に置かれたテレビにふと目をやった。画面にはある地区の体育館が映しだされ、マイクを持ったリポーターが「身元不明の遺体安置所からの中継です」と言っている。

――その瞬間、頭を強く殴られたような衝撃を感じ視界がぐらりと歪んだ。咄嗟に横にあった椅子の背もたれで体を支えたけれど、視線は画面の一点から離れなかった。早口でしゃべり続けるリポーターの背後の壁に立てかけられているのは、見覚えのあるギターケースと枯れた白い薔薇の花束――。

必死で体勢を立て直し、僕はそのまま避難所を飛びだして遺体安置所に向かって走りだした。道端の瓦礫に足をとられ何度も転びそうになったけれど、そんなことはどうでもよかった。自分の目で確かめなければ！　ただそれだけだった。しかし……。

アケミさんと出会ったあの公園に差しかかると、急に足が止まってしまった。街灯の下で歌う彼女の声と、むせび泣くようなギターの音色が聴こえたような気がしたからだ。僕は踵を返すとそのまま避難所に戻り、何事もなかったように仕事を続けた。

この時、心の片隅に灯りをともし続けることを決めたのだった。

それ以降、ますます仕事に没頭した。が、疲労が蓄積されるにしたがって、神経がイカれてしまえば楽になれるのにと思うこともあったし、何も感じなくなればいいと思うことさえあった。そんな時は市役所の有志を集めては炊き出しを企画し、先頭に立ってカレーライスを作った。

テントの下でカレーを煮込んでいると、まだできあがらないうちから真っ先に並んでくれるのは、いつも子供たちだった。寒空の下、彼らはおとなしく列に並び、温かいカレーに満たされた器を受けとると満面の笑みを見せてくれた。中には目立って薄着の子も、素足にサンダル履きの子もいた。恐らく両親を失ったのだろう。それでも、子供心に周囲を気遣って「いただきます！」と元気にカレーを頬張っている。明るく振る舞いながらも、実は辛抱しているのだ。そんな彼らの健気さが伝わってこない日はなかった。「カレー食べたら、こっちへ来てたき火にあたっていきなよ」と声をかけると、「寒ないねん！」と答えて友達と駆けまわり、大きな声を出してはしゃぐ姿には胸が痛んだ。

ある日、いつものようにカレーの準備をしている僕たちの隣で、外国人グループの炊き出しがはじまった。さすがにその光景は神戸らしく、各国の料理が辺りに様々なスパイスの香りを漂わせていた。

神戸に住む外国人の歴史は長く、幕末の頃にまでさかのぼる。そして今現在、神戸市内には約百三十カ国、四万人もの外国人が暮らしている。彼らがこの街を選ぶ理由は様々だろう。けれど、十一種類もの宗教施設があることは大きいに違いない。多様な神々に祈りが捧げられ続けているのが神戸という街だった。そんな多国籍な炊き出しが気になって、ちょっとのあいだ持ち場を任せて覗きにいくと、いろいろな言語が飛びから真ん中で、ひとりの女性が日本語で元気よく仕切っている姿が飛びこんできた。それが松本さんだと気付いた時、あまりにも予想外のことに僕は思わず笑ってしまった。

寒風吹きすさぶ冬空の下、松本さんは太陽のような笑顔で「サンキューベリマッチ、シェイシェイ、グラチェス、メルシーボクー」とひょうきんな言葉を並べては、大きくて分厚い鉄板の上で焼きそばとお好み焼きをジャンジャン焼いていた。手渡す時には必ず相手の宗教を尋ね、豚肉なのか、牛肉なのか、ベジタリアンなのか。「これオーケー？　大丈夫？」と、ひとりひとり丁寧に確認していた。この松本さんのお好み焼きと焼きそばが異常なほどの人気で、誤解を恐れずに言えば、そこはもう、夏祭りほどの賑わいと活気と笑い声に包まれた空間と化していた。故郷をあとにして慣れない国で地震に遭い、家も家族も失った外国の人々に、松本さんは僕に接するのと同じ笑顔で接していた。

そんな彼女の姿を、背の高い黒人の陰からちらちらと眺めていると、額の真ん中に赤いビンディをつけたインド人女性とぶつかってしまった。慌てて謝ると彼女は、

「あなたもお腹減ってるでしょ？　これ、美味しい、とっても美味しい。どうぞ」

と自分の焼きそばを半分くれるのだった。僕はありがたく受けとった焼きそばを頬張りながら、人々の中で泣いた。

松本さんの明るさは、僕たち家族にとっても精神的な支えだった。特に震災以降沈みがちだったお袋にとって、彼女の存在は大きかった。

地震の日の朝のことだった。お袋が買い集めた大量のシャンパンは無残にも大半が割れ、わずかに無事だったものも栓が抜けたり緩んだりして使い物にならなくなっていた。仕方なく秘蔵のコレクションを処分しようとするお袋を、「奥様、もったいないです！」と松本さんが必死に止めた。そして、まだ瓶に残っているシャンパンを最後の一滴まで集めては丁寧にガラスの破片を取り除き、空のペットボトルに集めると大事そうに戸棚にしまった。そんなものをどうするつもりなのかと思っていると、数日後、松本さんはどこからかたくさんの黒いブドウを手に入れてきて、ペットボトルのシャンパンと一緒に鍋でコトコトと煮込みはじめた。

地震でガスや水道が止まると松本さんはすぐに、「こんなこともあろうかと思って」とキッチンの片隅からカセットコンロを二台取りだしてカウンターの上に設置し、水の入った大きなポリタンクを足元に据えた。その水は、裏のお屋敷の井戸から分けてもらったものだった。それから水道が復旧するまでのあいだ、僕と親父と松本さんで三階のキッチンまで井戸水を運ぶのが毎日の日課になった。

コンロの前で、ブドウとシャンパンの鍋を一心に覗きこんでいる松本さんの姿を見て、

「いったい何をはじめたの？」

とお袋がいぶかしむと、

「特製バルサミコ酢を作ってるんです。奥様のシャンパンは最高級ですから、美味しくなるに決まってます！」

真顔でそう答えた。

「こんな非常時に……、あなたって人は！」

お袋は心底呆れたという表情で見つめていたが、そのうちクスクスと笑いだした。久し振りに見るお袋の笑顔だった。

シャンパンと一緒に煮込んでいるたくさんのブドウは、いつも松本さんが贔屓にしている八百屋から買ってきたものだった。八百屋の店舗兼住宅は全壊してしまったけれど倉庫だけはなんとか無事だったらしく、そこにあった潰れたブドウや腐りかけた果物を定価でどっさり買ってきて、あらゆる知恵を絞り出してジュースやジャムやドライフルーツを作っていたのだ。

「六甲の湧き水で作るなんて、ちょっと贅沢でしょう？」

そう言いながら、松本さんはせっせとジャムを作り、まるで軒先で干し柿でも作るように次々と果物をテラスに並べては干していった。そしてお袋と並んで「綺麗ですねぇ」と眺めていた。

あの頃、我が家は玄関先から屋上まで、いつもフルーティーな香りに満ちていた。その香りが眼下にひろがる地獄絵図と激しいコントラストを生み、強い罪悪感に苛まれることもあったけれど、崩れ落ちた街の中にあってなお、美しいもの美味しいものを喜ぶ気持ちと、ささやかな希望が確かにあった。

希望。当時この言葉ほど必要なものはなかったと思う。毎日新聞は「希望新聞」と銘打った紙面を新たに作り、被災地に役立つ情報を載せ続けた。鉄道関係では、激しい揺れで地面に落下した高架をそのまま持ち上げるという前代未聞の工法を用いて、二年かかると言われた難工事をわずか七十四日でやりとげた。長さ三十メートル、重さ千二百トンもの橋梁を、十六台のジャッキで数センチずつ持ち上げる作業を昼も夜も休みなく続け、分断されていた東西の大動脈に再び電車が走った時の感動は言いようがなかった。破壊されつくした街が回復していく様子は、僕らに大きな希望を与えた。復興が進めば希望が生まれ、そのことがさらに復興を推し進めていく。その実感が、ますます僕に休むことを忘れさせた。

その日も、小雪が舞う公園のテントの下で朝からカレーの大鍋を混ぜ続け、気が付けば、すでに冬の陽は沈みかかっていた。松本さんの影響か、お袋は最近僕の炊き出しを手伝ってくれるようになっていた。「真九郎、ずっと働きどおしでしょ？ 少しは私に任せて休んでちょうだい」と腕まくりをし慣れない手つきで野菜を刻むお袋の姿は、僕の心を和ませた。けれど、あまり無理はさせられない。今日は仲間と一緒に先に帰ってもらい、ひとり鍋の前に立っていた。

「まだ残ってますか？」

振り向くと、親子連れなのだろう、小さな男の子の手をつないだ男性が立っていた。タイミング悪く、ちょうど最後の一杯が終わったところだった。しゃくしで鍋の底を引っかいてかき集めてみたけれど、お玉一杯分にもならない。

「ごめんなさい、ついさっきなくなってしまって……」

お父さんは「そうですか」と浅い笑顔を作った。けれど、僕を見上げる男の子の目にはみるみる涙があふれ、赤いほっぺたの上を転がり落ちた。それを見たお父さんは男の子を抱き上げ、申し訳なさそうに言った。

「実は、お兄さんのカレーが避難所で評判になってて、すごくうまいんだってね。それを聞いて息子が食べたがって。美味しいカレーのお兄ちゃんいつ来るのって、ずっと待ってたんです」

そして「カレーのお兄ちゃん、またすぐ来てくれるんやて」と男の子を慰めながら去っていった。後姿を見送りながら、申し訳なさで胸が張り裂けそうだった。

その時、軽いめまいを覚えた。そういえば朝から何も口にしていない。出がけに松本さんが無理やりポケットにねじ込んだおにぎりのことをふと思い出し、引っ張りだしてラップを剝がそうとしたけれど、空腹のあまり手が震えてしまってどうにもならない。わななきながらなんとか剝がしてひと口かぶりつくと、何を思ったか、やおらカレーの香りだけが残る空っぽの大鍋に頭を突っ込んだ。鍋底にわずかに残った野菜のかけらをおにぎりでこそぎ取ってはむしゃぶりつく。野良犬同然。すでにまっとうな判断ができる頭ではなく、顔は米粒とカレーでぐちゃぐちゃになっていた。

徐々にお腹が満たされていくにつれ、手の震えはようやく止まった。そして心も満たされたはずだったのに、なぜか涙がポロポロとこぼれてきたから、満ちていたのは虚しさだったのだろう。

この時、自分の感覚が崩壊しはじめたことを知った。

季節が巡り再び冬が訪れる頃、僕は吉川さんの指示で、市の再開発事業に携わることになった。震災直後、神戸市の東部と西部では大規模な火災が発生し、広範囲が焼け野原となってしまった。神戸市はそのことを教訓として、それぞれの地域の再開発計画に広大な防災公園の設置を盛り込み、土地を所有する住民との交渉をはじめた。ところが住民側からしてみれば、いくら街の将来のためとはいえ、被災した上に土地まで提供しろと言われても簡単に納得できるはずがない。市役所と住民、双方の交渉は困難を極めて計画は難航し、僕はさらに忙しい日々へとのめり込んでいった。


震災から二年が経過した年の秋のことだった。吉川さんが僕に、

「真九郎、お前、夏休みも正月休暇も取ってないだろ。体がもたないぞ」

と、なかば無理矢理に二週間の有給休暇を取らせた。正直、二週間も現場を離れることには抵抗があったけれど、

「お前らしく、優雅にワインでも飲んでゆっくりして来い」

という言葉に滲んだ彼なりの思いやりが僕の背中を押した。

女優の川島なお美さんの『私の体はワインでできている』という台詞が翌年ブームに拍車をか

けたが、すでに日本はワインブームに沸いていた。ワインを語ることのできる料理人こそが腕のいい料理人だとささやかれはじめると、フレンチやイタリアンだけでなく、日本食の料理人や鮨職人までがワインの知識を持つ必要に迫られた。巷のそんな状況は知っていたけれど、今の自分には関係ないと思っていた。が、久し振りにゆっくりワインを楽しむのもいいかもしれないという気持ちになれたのは、依然として多くの問題はあるにせよ、神戸市全体としては確実に活気を取り戻しつつあるということと、吉川さんの配慮のお陰だった。

いっこうに休もうとしない息子のことを密かに心配していたお袋も、僕が休暇を取ることをとても喜んでくれた。二週間あるのなら思いきって産地まで行ってみよう、だとすると、ボルドー、ブルゴーニュ、トスカーナ、ピエモンテ……と行き先を迷っている息子に、

「これで、うちのシャンパンの買付もしてきてね」

と八百万円をポンと渡し、さらに「はい、これ」とエールフランスのビジネスクラス航空券を手渡された時には、もう抵抗することはできなかった。

行き先は決まった。僕は早速準備に取りかかった。

シャンパーニュの旅は思った以上に有意義だった。どこまでもひろがるぶどう畑は常に視界を覆い、街角や裏庭、村の隅々にまで、ぶどうが植えられていたのはさすがだった。朝は鳥のさえずりで目を覚まし、カーテンを開けると目の前の景色はいつも幻想的にまどろんでいた。外に出

ると、ぶどう畑の風景は朝もやに覆われて輪郭を失い、印象派の絵画を彷彿とさせた。モネの『日の出』や『日傘をさす女』、ルノワールの『草原で花を摘む少女たち』などの名画がはっきりと浮かんできた。

週末には車を借りて、ル・コルビュジエの建築を観に行った。近代建築の世界を切り開いた大御所は、いつの時代も憧れの存在だ。ロンシャンの礼拝堂をはじめて見た時、僕の五感は激しく揺さぶられた。やはり建築は、実際にその空間に身を置かない限り本質を理解することはできない。そう思い知った瞬間、建築を通して自分自身と向きあえた気がした。

たくさんの生産者やお百姓さんたちに出会えたこともまた幸運だった。彼らはみんな素朴な人たちで、僕が料理好きだと知ると、シャンパンだけではなくフランス料理についてもあれこれと教えてくれた。そして彼らは、目の前の青年が神戸から来たと分かった途端、一様にえも言われぬ優しい笑顔を浮かべ温かくハグしてくれた。あの震災が世界中に衝撃を与えたことを、おばあちゃんの皺くちゃな頬を伝う涙が教えてくれた。

ぶどう畑の中の細い道を古くて重たい自転車でシャトーに通い、二週間シャンパンに明け暮れた。ひと仕事終え、緩やかな丘が連なる景色の向こうに沈む夕陽を見ていると、ふと感傷的になることもあったが、そのたびに田舎の夜の静けさが心を癒してくれた。ホテルの座り心地のよいアンティーク・ソファに深々と腰を下ろすと、あらゆるものが自分から遠のいていく感覚を覚えた。その感覚は、長らく忘れていた心身の安らぎを僕に与えてくれた。けれど目を閉じると、まぶたの裏に甦るのはいつも同じ走馬灯だった。彼女の歌声、彼女の横顔、彼女の温もり、花束を振りながら闇に消えゆく後ろ姿、激震の神戸、そして――遺体安置所のギターケースと白い薔薇。

過ぎたはずの二年の月日はあっという間に巻き戻り、飲みかけのシャンパングラスの底からふらふらと立ちのぼる泡をぼんやり眺めて過ごす夜もあった。復興を急ぐあまり人間らしさを失っていた自分と、一本百万円を優に超えるペリエ・ジュエを、品があるだのないだのと言いながらテイスティングしている自分。あまりの落差に、もはやまっとうな意志を持つ人間とは思えず、ガレが手がけたボトルデザインでさえ落書きにしか見えなかった。

そんな時、ぶどう畑で出会った旅人が一編の詩を教えてくれた。その人はニューヨーク出身の美しい女医で、首元にはいつも甘い葡萄のような香りが漂っていた。それは香水ではなく彼女自身の香りだったと思う。大切な人を失ったばかりのこの人も、人生について考える旅人のひとりだった。

『他人を幸せにするのは、香水を振りかけるようなもの。振りかける時、自分にも数滴はかかる』

彼女はそう暗唱し、静かに微笑んだ。

帰国すると、神戸は以前よりも緩やかに時間が進んでいた。たった二週間で劇的な変化などあるわけもないのに、確かにそう感じられたのは、やはり精神が安定したお陰だろう。驚くほどのスピードで復興が進んでいることが、帰国した僕にもまざまざと感じられた。

しばらくして仕事の体制が緊急時対応から通常運行に戻されると、今までできなかった分を取り戻すように、僕は再び料理にのめり込んでいった。と言っても、ときどき仲間たちを家に呼んでホームパーティーをする程度のことだったけれど、それでも毎回本気だった。イタリアンとフレンチを融合させたフルコースを作ることもあれば、カウンター越しに割烹スタイルで料理を出すこともある、エスニックテイストの創作料理を作ることも、鮨を握ることもあった。

やはり、僕の人生において料理の存在は大きい。料理をしていれば、何もかも忘れられた。いつかは建築家として飲食店の店舗を設計してみたい。そんな思いがちらつくこともあったけれど、自分の身分は一介の地方公務員。飲食店の設計を手がけることなど、まず無理だ。そう諦めてもいた。


震災から三年後の一九九八年。冬季オリンピックが長野で開催され、七月の参院選では自民党が大敗して橋本内閣が退陣。夏の甲子園で横浜高校松坂投手がノーヒットノーランを達成し、九月には黒澤明監督が他界。気が付けば、あっという間に師走になっていた。三宮や元町ではルミナリエの準備が着々と進められ、商店街にはスマップの『夜空ノムコウ』が流れていた。今も神戸の街のあちこちに残る震災の傷跡を、ふんわりと覆うこの曲は、浜風に乗って粉雪のようにさらさらと浮上し、六甲の山肌をなめては再び空に舞い上がっていった。

神戸空港着工決定の翌朝、僕と課長の吉川さんは元町駅前のスターマップコーヒーにいた。

「お前、何にする？」

「えっと……カプチーノお願いします」

「お決まりになりましたら、ご注文をお伺いします」

「じゃあ、カプチーノふたつ。それと、シナモンロールとニューヨークチーズケーキも」

吉川さんは、コーヒーといえば『にしむら珈琲』しか考えられない保守的神戸人だ。だから、朝っぱらからのこのお誘いには違和感があったのだけれど、テーブルに置いた品を見て、コンサバティブな人でもこういうものが食べたくなる日もあるんだろう、ぐらいに考えていた。

「半分食べろよ」

「え、いいんですか？　じゃ遠慮なく」

お皿をもう一枚もらいにカウンターの列へ並ぶと、先頭にいた客がトレイを手にこちらを振り返った。片眼だった。五十歳くらいだろうか、溶岩のような火傷の跡が顔半分をべったりと覆い、それは火の中に飛び込んでいった結果だと、すぐに察しがついた。

すれ違いざまに目が合った。残った方の目が見開かれ、黒い眼球がギロリと音を立ててこちらに向けられた。怒気を含んだ視線は、なんで俺だけ生き残ったんや、そう言っているようだった。たまらず視線を逸らすと、同じ列の前方に松本さんの後ろ姿を見つけた。僕はすぐさま声をかけた。

「松本さん！」

「あっ、真九郎さん。どうぞどうぞ」

彼女は膝の前で手のひらを左右に動かし、自分の前に僕を並ばせようとした。松本さんの坊ちゃん扱いは、どこであろうとおかまいなしだ。

「いいから、いいから、外ではちゃんと並ぶから！」

さすがに恥ずかしくて、小声で言ったわりには語気が強くなってしまった。

松本さんは最近、美味しいコーヒーを飲みながら、ゆっくり本を読んで休日を過ごすのがお気に入りらしい。彼女の手には、しおりがはさまれた文庫本があった。

「うちの職員だっけ？」

お皿をもらってテーブルに戻ると、吉川さんが僕に尋ねた。

「いいえ、うちの家政婦の松本さんです」

「家政婦か……」

そう呟くと、シナモンロールとチーズケーキをそれぞれ半分にして僕のお皿に移しながら、

「それにしてもさ、今どき『うちの家政婦です』って言ってイヤミに聞こえないのは、日本じゃお前と一茂ぐらいだよ。一般庶民は、金持ちの息子って聞いただけでちょっとヒクんだけど、お前はほんと、憎めないやつだよな。愛されキャラって言うのか？　まぁ、そういう徳を持って生

まれてきたってことだろうな」

と、チーズケーキをひと口頬張った。

やがて吉川さんの目元が糖分で緩みはじめた。例え自分が作った料理でなくても、人が美味しそうに食べているのを見るのは、なんていいものなんだろう。自分が食べるより、はるかに幸せを感じる。しかも昨日、空港建設という人生最大の仕事が舞い込んできたばかりだ。一流の建築家となるための階段を、ようやく登りはじめたのだ。そして僕も、この高揚感に糖分を注入する――。あぁ、幸せだ。

昨夜は久し振りに眠れなかった。目を閉じると、三人の先輩たちと肩を並べてスタートラインに立つ自分の姿が浮かんできた。暗闇を見つめれば壮大な滑走路が現れ、離発着する何機もの飛行機が鮮明に見えてくる。ますます目が冴えた。そして朝になり、早速上司と打ち合わせだ。

「吉川さん、神戸空港プロジェクト頑張りますよ。しばらく料理のことは置いといて、空港建設に全精力を注ぎます。任せてください！」

「おいおい、張り切るのはいいけど、お前には優秀な先輩が三人もいるんだから、そんなに焦るなよ」

「いえ、僕だって負けませんよ。完成まで全力を尽くします！」

「ん？　そうか……」

こんなにやる気を見せているのに、なぜか吉川さんの表情はすっきりしない。

少し間を置いて、吉川さんが言った。

「真九郎、お前は空港プロジェクトから外れてくれ」

「――はっ？」

「その代わり、スタマを作ってくれ」

冗談を言ってるのかと思った。朝っぱらからスタマまで連れてこられたうえに、上司のくだらないギャグに付き合わされているのかと思うと、あまりの馬鹿々々しさに一気にテンションが下がってしまった。けれど目が笑っていないことに気が付くと、急にチーズケーキがパサパサに感じられて、喉を通らなくなった。スポーツニュースでよく耳にする『戦力外通告』という言葉が脳裏を横切った。

「真九郎、『アダプティブユース建築』って、知ってるか？」

アダプティブユース？　はじめて聞くような気もするし、どこかで聞いたことがあるような気もするけれど、話の展開が全く読めない以上、なんとも答えようがない。黙りこくっていると、吉川さんは道路に面した大きな窓に視線を移し、しばらく外を眺めてから言った。

「コマダ珈琲、綺麗に建てかわったな」

視線の先には、老舗のコーヒー店があった。その店はスターマップ元町店から道路をはさんでちょうど向かいにあり、古き良き時代の神戸を彷彿とさせるクラッシックな内装が人気だった。震災の被害が大きく長期間の休業を余儀なくされていたが、ようやくリニューアルオープンしたというニュースが地元のファンを喜ばせていた。

「こっち側はそれほどでもなかったのに、この道の向こうは軒並み全壊だったもんな。道路一本で明暗が分かれたってわけか……。そういえばあの店、地震の日の朝に早番で入ってたバイトの子がひとり、落ちてきたシャンデリアに直撃されて亡くなったそうだ。ヴェネツィアンガラスの立派なシャンデリアだったのが仇になったらしい。親御さんも気の毒に……。ほんの少しの偶然が天国と地獄の分かれ目、そんな話ばっかだったな」

吉川さんの声が少し低くなった。

「まあ、神戸があんなことになるなんて、誰ひとり考えてなかったわけだし、空襲にもビクともしなかった旧第一銀行神戸支店が一瞬で全壊したくらいだから、しょうがないと言えばそうなんだが――。でも、日本の古典主義建築の最高傑作が無残な姿になったのを見た時は、俺は本当にショックだった。あのエレガントな建築は神戸の誇りだったからな……」

僕は、赤レンガに白御影石のアクセントが効いた瀟洒な姿を思い出した。港町の青い空によく映える美しい建築だった。

「しかしだな、想像を絶するほどの被害にもかかわらず、たかだか四年でここまで復興できた。その理由は、なんだと思う?」

窓の外から視線を戻し、吉川さんはこちらに向き直って尋ねてきた。

「それは、お前のような優秀な建築士が神戸にたくさんいたからだ。少なくとも、俺はそう信じてる。真九郎、実際のところ、自分がどれだけの建物の損壊認定にかかわったか覚えてるか？あの時は畑違いの職員も大勢投入されたから、お前みたいな建築士の存在は本当に貴重だったんだぞ。そのお陰で六十万枚近い罹災証明書を速やかに発行できたわけだし、そのことが今でも被災した人たちの生活を根底で支えてるのは、お前もよく知ってるだろう」

彼はさらに言葉に力を込めて続けた。

「そもそも、復興を進めようにも建築の知識がなきゃ建物ひとつ建たない。だからこそ俺は、市が総力を挙げて取り組んでいる神戸市東部再開発プロジェクトの一員にお前を推薦したんだ。それなりの働きをしてくれた時は、上司として本当に誇らしかったぞ」

そう言うと、少し身を乗りだして僕の目を見た。

「そういえば、その再開発地区の一角を占める防災公園に、震災の犠牲者に捧げるモニュメントを設置することが決まったそうだ。国際コンペを勝ち抜いたイタリアの建築家がデザインしたって話だぞ。その建築家が言うには、人が集まって安全に過ごすっていう建築本来の機能に立ちかえって、モニュメントそのものが人々の憩いの場となるようにって発想のデザインらしい。さすがイタリアの建築家だな、アートと建築、さらには日常の融合ってわけか……」

自分の口から出た言葉に感動したのか、吉川さんは腕を組み背もたれに身を任せて何度も頷いている。

「そこでだ、真九郎。俺がさっきから言ってるアダプティブユースも、そういうものなんだ。あらゆるセンスが問われる、やりがいのある仕事だぞ。考えようによっては空港建設より男のロマンに満ちてるかもしれない。それをお前に託そうとしてるんだ、わかるか？」

一方的に話し続ける上司を前に、さっきまでの高揚感と食欲は消え伏せ、僕は無意識のうちに、シナモンロールの干しぶどうをひと粒ずつむしり取っては、前歯で小刻みに噛み砕いていた。なんの味もしなかった。

返答がないのは承諾のしるしとでも思ったのか、吉川さんは横の椅子の上に置いたカバンから書類やファイルを取りだしてテーブルの上にひろげ、アダプティブユースの詳しい説明をはじめた。

「アダプティブユースっていうのは、適応型再利用、つまり文化財等の建築物を移築したり用途変更したりして、保護と活用を両立させる手法のことだ。基本的には文化遺産を有効に活用ってことなんだが、単なるリノベーションよりもずっと文化性が高いんだ」

半分になったカプチーノを揺らしながら、彼はさらにこう続けた。

「世界遺産や国宝、重要文化財に直接触れられる仕事は、若くて優秀な建築家のお前にとって、実に有意義な仕事だと思うぞ」

吉川さんは、自信と確信に満ちた表情でそう言うと、カプチーノを飲みほした。

けれど、そんな軽率なリップサービスで空港プロジェクトから外されることを容認できるほど、僕は若くはないのだ。二浪したうえになんだかんだと回り道をして、ようやく今年で社会人五年目。気が付けばもう三十一歳だ。子供の頃三十一歳の男の人を見れば、絶対に「おっさん」と呼んでいた。だから子供たちは僕を見て、「近所のおっさんが歩いてる」と思っているに違いない。それに、子供心に「おっさん」はみんな立派な大人だと思っていたし、責任感あふれるお父さん、というイメージを抱いていた。でも、実際自分がその歳になってみても、責任感にあふれているわけでもなければ、かといって無責任でもない。いや、若干無責任と認めざるを得ない部分はあるけれど。

「現場は北野一丁目だから、お前の家の近所だ。あそこに立派な異人館があるだろ。ミスター・シェーっていうアメリカ人が明治四十年に建てた典型的な洋館で、昭和五十二年の朝ドラ『風見鶏』でも使われてたやつだ。あぁ、お前の世代じゃわかんないな、こんな古い話は。まあ、それはいいとして、その異人館の被害が大きくて、このまま放っておくと崩れてしまう恐れがあるらしいんだ。で、今のうちに解体して神戸市が部材を全部引き受けて保管することになったんだよ。しかし部材と言ってもかなりの量だし、そんなの保管する場所も知識もうちにはないだろ。それを市長になんとかしろって言われて上層部が考えだしたのが、さっきから言っている『アダプティブユース』ってわけだ。つまり、外部から優秀な建築家を呼んで別の場所に移築させて、何かに有効活用しましょうってことになったんだ」

もう吉川さんの話は止まらない。

「そこで俺、閃いちゃってさ。いっそのことスタマと組んで、コーヒーでも出しましょうよ、って市長に提案したんだ。規則だらけの堅っ苦しい資料館みたいなのは今さら流行らないし、だったらスタマにして多くの人に利用してもらって、粋な神戸の歴史と未来の融合、それからお前の建築家としての手腕を大勢の人に見てもらう方が、はるかにいいだろ？　そしたら市長も『それは面白いアイディアだ』って受理してくれてさ」

さすがにここまで聞くと、話の先が読めてきた。

「しかもだ、真九郎。スタマといえども、これは立派な飲食店舗物件だ。飲食に詳しい神戸の建築家と言えば、そりゃもう小矢野真九郎、お前しかいないだろう。それで市長に言ったんだよ。『外部から建築士を呼ぶ必要はありません、うちの部署に優秀な建築家がいます』ってな」

このあとも吉川さんはさらに話し続けた。僕のことを買ってくれ上層部に猛プッシュしてくれていることが、こちらの心を徐々に熱くしていった。

最後に微笑みながら、吉川さんはこう言った。

「市長もお前にすごく期待してるんだ。何かあれば、俺が全部責任を取ってやる。だからやってみろ、真九郎」

僕の心は揺れ動いた。一流の建築家を志す人間として、この企画に全力を傾けるべきか——けれど、スタマといえども所詮はコーヒーチェーンの一店舗に過ぎない。ぎゅっと目をつむると、さっき聞いた言葉が頭の中をまわりはじめた。

『アダプティブユース』

この響きに魅力を感じた。

『世界遺産や国宝、重要文化財に触れることができる仕事は、若くて優秀な建築家であるお前にとって実に有意義な仕事だぞ』

確かにその通りだ。

『お前のような優秀な建築家』

悪い気はしない。

『飲食に詳しい神戸の建築家と言えば、そりゃもう小矢野真九郎、お前しかいないだろ』

この殺し文句が脳の中枢をひと突きにし、僕はしびれた。

「どうだ、引き受けてくれるか？　真九郎」

「はい、頑張ります！」

結局僕は、最後の決断をしびれた脳みそに委ねたのだった。


翌週月曜日、出勤してみると、僕の席は三人の先輩のデスクから脱離していた。パーテーションを隔てて仕事をする僕を、先輩たちは時々後ろめたそうな眼差しで覗いていた。けれど、そんなことを気にしている暇はない。北野異人館アダプティブユース・プロジェクトはすでに動きはじめていた。その日の午後には、今回の工事全般を請け負うことになった鹿柴建設の担当部長と現場監督が、市役所に顔合わせに来ることになっていた。

会議室に現れたふたりは、どちらも大企業の社員らしくきちんとした風貌だった。部長の矢崎さんは五十がらみで、東大工学部建築学科卒の一級建築士。名刺を交換して手早く挨拶を済ませると、席につくなり手帳を開いて、ペンの頭がずらりと並んだ胸ポケットから三色ボールペンをサッと抜きだし、カチカチと何度も色を変えてメモをとりつつ話しはじめた。優秀な人にありがちな、打ち合わせの内容は細大漏らさず記録に残す習慣が身についているらしい。その横で設計図をひろげている現場監督の奈良さんは、矢崎部長と同じ大学同じ学科の後輩で、僕とはほぼ同年代。首元にネクタイがのぞく作業着姿が、いかにも忠実な部下といった雰囲気を醸しだしていた。

矢崎部長の説明によると、解体予定の異人館は木造二階建で、四方向に傾斜した屋根面を持つ寄せ棟造り、屋根はがっちりとした桟瓦葺き。外壁は下から順に板を重ねていく下見板張りで、ペンキで塗装されている。全体的にコロニアルスタイルと呼ばれる建築様式だ。二階の南側にあるガラス張りのテラスが印象的な、典型的な洋館ということだった。

開港直後に来日し貿易で財を成した豪商が、ヨーロッパから建築家を神戸に呼んで建てたその異人館は、長らくM・J・シェーというアメリカ人によって所有されていた。七十年代にはNHKの朝ドラで放送された『風見鶏』の主人公のモデルとなったドイツパン職人ハインリヒ・ブルクマイヤー氏が所有者となり、さらにはその息子のフロインドリーブ氏に受け継がれたため、現在は『フロインドリーブ邸』と呼ばれていた。

我が家からさほど遠くないその建物が、震災に遭っても奇跡的に倒壊しなかったと話題になっているのは知っていたけれど、外部からは見えない中枢部の損傷がひどく、それが老朽化を加速させ、取り壊しもやむなしということになったらしい。そこで神戸市が所有者から寄贈を受けることとなり、解体作業からアダプティブユースによる再建築、そしてスターマップへの委託という流れになったという話だった。

「その過程で我々が最も重視すべきことは、一九〇七年の建築当初の造作を忠実に再現する、ということになります」

部長の説明が終わったあと、現場監督の奈良さんがこう付け加えた。

「では早速明日、三人で現場に行ってみましょう」

胸ポケットにボールペンを戻しながら矢崎部長はそう言うと、

「では、今日はこれで失礼」

と軽く会釈をして、足早に会議室を出ていった。設計図が入った筒を脇に抱え、奈良さんがあとを追った。

次の日、北野の現場に行ってみると、ふたりはすでに到着して待っていた。奈良さんに案内されて土地を区切る錆びた鎖をまたぎ、建物の周囲を覆う枯れた雑草を踏みしめて歩くと、冬の匂いがした。外壁は白く、柱や窓枠は緑色に塗装されていたが、半分以上のペンキはすでに乾ききって剝がれている。塗り重ねられたペンキの分厚さが、長い歴史を物語っていた。

建物の裏手に回ると、大きな塊が無造作に放置されていた。背の高い雑草に覆われ、なんなのかすぐにはわからなかったけれど、近付いてみてハッとした。その物体は、折れた煙突の先端だった。昔ドキュメンタリー番組で見た、サバンナに横たわる赤ちゃんゾウの死体を思わせる光景だった。

緑色に塗られた玄関の扉は重厚感のある木製で、ドアノブのブロンズはくすみ、光沢を失っていた。奈良さんの手でその扉がゆっくりと開かれ、誰もいない空間に激しく軋むドアの音が響いた。中に足を踏みいれると、湿り気を含んだ古い木材特有のすえた匂いが一瞬鼻をついた。

広々とした玄関スペースは、さすがに西洋建築独特の優雅さが感じられた。ゆっくりと周りを見まわし、細部まで意匠が凝らされた空間を味わっていると、バタンという大きな音とともに、背後でドアが閉じられた。あとから入ってきた矢崎部長の懐中電灯が、急に薄暗くなった空間を照らした。正面に階段、左右の壁にはドアがひとつずつあった。まず右手のドアが静かに開かれると、高い天井からぶら下がるシャンデリアに絡まった無数の蜘蛛の巣が、風圧でゆらゆらと揺れた。

そこは、縦十メートル横八メートルはある大きな長方形の部屋だった。おそらくダイニングルームなのだろう。中央にはアンティーク調の大きなテーブルが据えられ、それを囲むようにして八脚の椅子が置かれていた。四方の壁には、大きなヒビが一本ずつ走っている。それぞれのヒビの深さを確認しようと壁に沿ってゆっくり歩いていると、矢崎部長は首からぶら下げたタイマーを手に取りちらりと見ると、「では、向かいの部屋の方へ」と促した。作業着姿の奈良さんとは対照的に、彼は今日もきちんとスーツを着ていた。相変わらず胸ポケットにはずらりとペンが刺さっていたが、鹿柴建設のマーク入りの黄色いヘルメットと足元の長靴が、ちぐはぐな現場感を醸していた。

部屋を出て廊下を歩くと、一歩一歩に反応して構造のどこかが必ず軋む。廊下をはさんで反対側の扉の向こうは、正方形のリビングルームだった。ダイニング同様ここにもシャンデリアがぶら下がっていたが、気になったのは天井の大きな亀裂だった。

「重症ですね」

「ええ、これで四年ももったんですから、基礎工事がよっぽどしっかりしてるんでしょうね。構造的にかなり強い建物のようです」

懐中電灯で天井の隅々まで照らしながら、矢崎部長が言った。壁の方はさほど大きな亀裂は見当たらず、被害は免れたようだ。

「あ、シャンデリアの下だけは通らないでください。危ないですから」

部屋のあちこちを見てまわっている僕に声をかけたあと、彼はふいにこう尋ねてきた。

「失礼ですが、建築の専門知識はお持ちですか？」

「ええ、まあ、二級ですが一応建築士です」

「そうでしたか。どちらの建築学科を？」

「あの……甲南大学です」

「甲南大に建築学科なんてあったかな」

と呟いてから、「ちょっと専門的な話になりますが」と前置きをして僕の視線を光で誘導し、ある場所でぴたりと止めた。

「ここなんですよ、問題は」

「あぁ、柱か……」

「はい、しかも」

「え！　ひょっとして」

「そうなんです。これ、八本ある大黒柱のうちの一本なんです」

太い柱を光がなぞった。真ん中あたりにある大きな亀裂と一センチほどのズレが、はっきりと見えた。

「大黒柱はほかにも二本、それから構造上重要な太い梁が三本。どれも危険な状態なんです」

彼は残念そうに言った。

薄暗さに慣れてきた目で、改めてリビングルーム全体を見渡してみると、アンティーク家具、本棚、ソファ、ラジオなど、いくつもの調度品や装飾品が平等に埃をかぶり、入り口から自分の足跡がくっきりと残っていた。ふと、チェストの上の丸っこいラジオに目が留まった。木製の枠で、近付くとなぜかトランペットの音が聴こえたような気がした。ラジオに軽く息を吹きかけると埃が舞いあがり、スピーカー部分にアルファベットが現れた。テレフンケン。ドイツの有名な真空管ラジオだ。宙を舞った埃は、平積みにされた洋書に再び着地していった。

リビングルームのいたる所に、本棚からあふれた本が高く積まれ、勝ち目のないジェンガのようにギリギリの状態で立っていた。窓は閉ざされていたものの、窓枠と壁の間に入った亀裂から幅三センチほどの光が差し込み、まるでパーテーションのように空間を真っ二つに分けて床まで伸びていた。舞い続ける埃の粒子たちは、狭い光の帯の中まるで生命を得たかのようにキラキラと輝き、はみだしたり舞い戻ったりしながら行きかっている。

矢崎部長が僕の肩を叩いた。「どうぞ」と差しだされたマスクを受けとり、かぶっていたヘルメットを外してつけた。

部屋の隅には赤紫色のソファが向きあうように配置されている。このソファに白髪の老夫婦が腰かけ、鼻眼鏡でドイツ語の新聞でも読んでいたのだろうか。ソファの後ろには暖炉があった。ということはこの上に壊れた煙突があるのだろう。暖炉の中には埃をかぶった数本の薪が重なりあい、その上に煙突のススが落下してさらに埃が覆っていた。

暖炉の反対側の壁には大きめの鏡があったが、半分黒ずみ、ぼんやりとしか映らなかった。けれど、それだけに「私をしっかり覗き込んで」と鏡が訴えているように思えた。誘われるままに覗き込むと、なぜだろう、くすんだ鏡の奥にセピア色の風景が一瞬見えた。

それは、ありふれた家族の風景だった。クリスタルの花瓶に花が生けられ、キッチンにはワインボトルが並んでいる。父親の膝の上には絵本を読んでもらっている女の子、母親はもうひとりの女の子とキッチンに立って、お菓子を作っているようだ。テーブルの上にはパンプキンプリンやアップルパイが置かれ、シナモンの香りが漂ってくる。幸せそうな家族だった。

ここでふと我に返り、空想にしては鮮明過ぎるという奇妙な感覚に襲われた。けれど敢えて追求せず、本能に促されるまま鏡の中をさらに覗き込んだ。

目の前にひろがるのは幻覚であるはずなのに、さっき見たばかりの『テレフンケン』の真空管ラジオが片隅に映りこんでいた。古き良き時代のシャンソンが聴こえてくる。ラジオの横にはやはりくすんだ鏡があり、そこにも僕の顔が映っていた。『これこそハイカラな時代だ！』鏡の中の鏡に映った自分は、まぼろしに犯されたようにそう言っていた。

「神戸がハイカラって言われていた時代は、いつでしたっけ？」

唐突に矢崎部長が尋ねてきた。

「――えっ？」

驚いて彼の顔を見ると、一瞬、時空が歪み足元がぐらつくような感覚を覚えた。ドアノブを握り部屋を振り向くと、さっきの幻影を彼も見ていたのではないかという妙な錯覚にとらわれた。

「さ、さあ、いつだったか……。でも、いい時代ですよね、きっと」

僕の曖昧な返答を気にかけるふうもなく、矢崎部長はタイマーを手にとって経過時間を確認し

た。そして、

「二階の方が見学に時間がかかりそうですね。申し訳ないですが、少し急いでください」

と、先に階段を上っていってしまった。

「埃でよく見えませんが、こちらの階段には、鮮やかなレッドカーペットが敷かれているんですよ」

隣にいた奈良さんが、そう説明してくれた。重厚な造りの階段だった。埃がたっぷり積もった木製の手すりは、どっしりとして風格があり、足元のレッドカーペットも、相当古びてはいるものの踏み心地がよかった。きっと高価なものだったのだろう。見上げると、踊り場あたりからドレスの裾をひるがえしてフランス映画の女優でも現れそうな雰囲気だった。

三人とも二階に上がると、固く閉じられた両開きの扉の前で立ちどまった。

「こちらがテラスです。南側の壁面全体がガラス窓になっていて、この建物の見せ場のひとつとなります」

そう言うと奈良さんは真鍮のとってに手をかけ、大きく軋む音とともに暗褐色の扉をゆっくりと開いた。

その途端、僕の身体は強烈な光に晒された。

時が止まったかと思うほどの明るさにめまいを覚え、よろめきながらも一歩踏みだすと、今度は視界が真っ白になった。たとえようがないほどの純粋な輝きに、全身が包まれた。いまだかつて経験したことのない、圧倒的な光だった。

突然、「希望」という言葉が僕の口をついた。と同時に、建築界に残された自分の使命、まだ誰も気付いていない自分だけの使命がここにあるという確信に貫かれ、激しく脈打つ鼓動とともに、名状しがたい力が皮膚の下にみなぎってくるのをはっきりと感じた。


翌週の月曜日、第一回目の本格的な打ち合わせが行われた。

言うまでもなく、古い異人館の解体移築作業には、究極の慎重さと正確さが求められるけれど、どちらも自分には若干欠けている。しかし、現場監督の奈良さんは僕と同年代とはいえ、すでにその道のプロだし、なんといっても、矢崎部長率いる二十人の職人集団は心強い。彼らはフランク・ロイド・ライトの旧帝国ホテルや二条城や大徳寺の解体移築を手がけた、高度な技と知識を持つ精鋭たちだ。やはり大手建設会社の部長としての実力と実績は、並大抵ではない。彼は孫子の兵法を座右の書としているらしく、

「敵を知り己を知れば、百戦危うからず。職人たちは全員、百戦錬磨のつわものばかりですからね」

と、手に持った三色ボールペンを黒、青、赤、赤、青、黒の順に心地よいリズムでカチカチといわせながら、経験の豊富さゆえの余裕を見せた。

さらに頼もしかったのは、スターマップ店舗開発部の担当者、小山さんがチームに加わってく

れたことだった。彼は魅力的な人柄で、そのうえ抜群に仕事ができる。隈研吾がデザインした福岡太宰府天満宮のスタマや、水辺空間の豊かさを強調した富山環水公園のスタマ、漫画家横山隆一の旧邸宅をカフェに改造した鎌倉御成町のスタマ、そして情緒的な京都鴨川納涼床を楽しめる三条大橋のスタマ。とにかく、彼のやることなすこと全てが成功を収めているし、そもそも、最近耳にするようになった『コンセプトストア』という言葉自体、小山さんが使いはじめたのだ。日に焼けた笑顔に白い歯を見せ、切れのいい関西弁で彼が仕切ると、自ずと議論も活発になり、この日の打ち合わせは大いに盛り上がった。

北野異人館アダプティブユース・プロジェクト、僕たち四人の五年に及ぶ怒涛の日々が、いよいよはじまった。

3章　トッティ

飛行機は、青森に向かっていた。先月は熊本に飛び、その前は金沢。最近、出張が続いている。僕の所属部署である企画調整局未来都市推進課は、吉川さんの指導で震災後の復興記録をひとつの資料にまとめた。大規模な地震が地方都市を襲った場合、どのような対応と再建プロセスが必要なのか、事細かに記録されたこの資料は、我が国の貴重な資産になるだろうと政府からもお墨付きをもらい、全国の県庁や市役所から講演の依頼が舞いこむようになったのだ。それと並行して行く先々のスターマップを見学し、余裕がある時は翌日に休日を振り替えて、地方の特産物を試食してまわったり生産者を訪ねたりしていた。毎回二泊三日程度だったが、それが今の自分にとっての至福の時間だった。

ここにきて、ようやくバランスが取れてきたのだと思う。体調もいいし、精神的にも充実している。市役所職員としての責任感と安定感、建築家としての努力と探究心、そして、さらに深まる料理への好奇心。それぞれが、綺麗な五角形の絆創膏となって、震災で負った心の傷を少しずつ癒してくれた。

けれど今でも、まるで井戸の底を覗き込むような生々しい悪夢を見ては、目を覚ます日もあった。時計を見ると決まって五時四十五分前後、そんな時は否応なくあの日に引きずり戻された。

飛行機から降りて空を見上げると、管制塔の背後に入道雲がどっしりとあぐらをかいていた。そこから弘前市の危機管理室の部長さんが運転する車に乗って、僕は市役所に向かった。予想していた通り、東北の夏は爽やかだった。市長と面会した応接室はクーラーの必要もなく、開けっ放しの窓から、風が田んぼに揺れる青い稲の香りを運んできた。

大会議室で百人ほどの関係者を前に『阪神・淡路大震災　神戸市役所の記録』と銘打った講演を行ったあと、質疑応答をしてその日の予定は終了した。次の日の午前中は消防署に向かい、緊急消防援助隊と応急給水支援システムの仕組みについて意見を交換し、今回の青森出張の全日程は終わった。僕は早速タクシーを呼んで消防署の玄関先で乗り込むと、運転手に言った。

「弘前におしゃれなスタマがあるって聞いたんですけど」

するとと運転手はエンジンをかけながら、

「弘前公園前のだばね」

と即答した。

「それって、大正時代の建物を改装してスタマにした店舗ですよね」

「んだ、あそごだばいいべ。僕らみだいなおじさんが行っても落ち着くはんで」

彼はポキポキと首を鳴らしながらアクセルを踏んで、スピードを上げた。

「お客さん、ラジオ、聞ぐんだが？」

おそらく昼に中華でも食べたのだろう、車内には微かにネギと生姜の匂いが漂っていた。

ラジオは夏の甲子園の話題で持ち切りだった。地元青森代表 光星高校が準決勝まで勝ち進み「明日は智弁和歌山を倒し、今年こそ優勝するでしょう！」と、地元出身らしきＤＪが興奮気味に声をうわずらせていた。

タクシーは、スターマップ弘前公園前店の前で止まった。屋根の急勾配がいかにも雪国らしい木造建築物が、しんとした田舎の風景の真ん中に建っていた。ロゴ入りの街灯も看板も落ち着いたトーンで統一され、土色の壁が周囲の環境とよく馴染んでいた。レトロな内装や照明も素晴らしく、知りもしないくせに「大正ロマンの香りがするなぁ」と呟いてみた。

もとの姿を忠実に再現した空間には、自ずと趣が生まれる。剝きだしになった梁からは津軽の長い歴史が感じられ、その歴史によりかかるようにして、僕はしばらくくつろいだ。

それにしてもこの梁、まるでお城に使われるような立派さだ。一般住宅に使用される梁の断面はだいたい四寸×五寸、十二センチ×十五センチぐらいだけれど、この梁は優に一尺五寸角、つまり四十五センチ×四十五センチはある。現代建築ではもう見かけることのないスケールに圧倒されてしまった。そしてなんといっても、自然の素材を活かし装飾を排除した結果生まれる、雪国らしい力強さ。地方の民家でさえ、これほどの美学を感じさせるとは――。その土地の風土の中で生まれる英知やデザインの普遍性に、僕は何度も心を打たれた。伝統に支えられた技巧や感性は手ごわいが、アダプティブユースによってそれを伝承するのは、やはり意義のあることだ。そう改めて喜びを噛みしめ高揚感に包まれながら、鉛筆をシャカシャカと走らせては気になる部分をスケッチブックに描き写していった。

スケッチを終えると二種類のサンドイッチでランチを済ませ、お店でタクシーを呼んでもらった。すると、来た時と同じタクシーがまたやって来た。僕が後部座席に乗りこむと、運転手はバックミラーをちらと見て、

「あら、さっきのお客さん。どんだった？」

と、鏡越しに尋ねてきた。

「はい、とても勉強になりました」

「お客さんもコーヒー屋さんだが？」

「いいえ、建築家です」

彼はその答えには特に反応せず、

「そいだば、どこさ行ぐべが？」

と言いながらエンジンをかけた。

「市場に連れていってください。魚市場でもいいですし、何かこちらの名産品とか特産物とか並

べてる市場でもいいですし」

「郷土料理とか、そった感ずでいいんだが？」

「はい、まさしく！　この辺りで何か珍しくて美味しい食べ物ありますか？」

「そいだば、あれしかねな」

自信ありげにそう答えると、運転手はバックミラーを覗き込みながらこう言った。

「お客さん、もやしは好ぎだが？」

「えっ、もやし？　——嫌いじゃないですけど」

弱々しいもやしの姿が数本、脳裏に揺れた。北国の海の幸を期待していた僕の心は一瞬萎えてしまった。青森まで来て、もやしって……。

「だば市場じゃなぐて、生産者の所に行ぐべ」

「えっ？」

「もやし、好ぎだべ？　そいだば、これを食わねば。ここでねば食えねぇはんでな。言っとぐげど、普通のもやしでねよ」

「普通じゃないもやしなんて、そんなのあるんですか？」

「大鰐温泉もやし。聞いだこどあるが？　すごいんだよ、こいが。『大鰐温泉もやしは日本一美味ぇじゃよ！』とは言わねけどね。んだばって日本中のもやしを全部食ったわけじゃあねえはんで。でも間違いねぐ青森一だな、大鰐温泉もやしは」

「そうですか。じゃあ、お願いします！」

　彼の控えめな言い方が、かえって僕の冒険心に火をつけた。タクシーで行くにはちょっと遠いかもしれないが、そんなこと言ってられない。新しい味を求める旅がはじまってしまったのだ。津軽地方の南部にあるという大鰐に向かって、真夏の景色の真ん中をタクシーはスピードを上げて走っていった。辺りは燃えたぎるような蟬時雨に包まれた。

　萎えた気持ちに火がついたのには、もうひとつ単純な理由があった。それは、源田のことを思い出したからだった。

　伊丹空港の出発ロビーで青森に向かう飛行機を待っていた時、イタリアにいる幼馴染の源田から電話がかかってきた。

「来週帰国するから、お前んちでパーティーやってくれ」

　粗野ではあるが喜ばしい連絡だった。つまりそれは、僕に料理を作ってくれということだ。源田は昔から牛肉が大好きで、特に三角バラ、つまりカルビのステーキが大好物だったけれど、付け合わせは、いつももやしと決まっていた。いや、むしろもやし炒めの付け合わせがステーキと言ってもいい。源田は学校で注意されるほど全く野菜を食べないくせに、なぜかもやし炒めだけはもりもり食べた。当然付いたあだ名は「もやしっ子」。源田はそのあだ名をひどく嫌がって、しつこくからから上級生と喧嘩になったこともあったらしいが、金持ちのボンボンで背がひょろりと高く、食べる野菜はもやしだけなのだから、親友の僕でも弁護のしようがなかった。

日本一のもやしがあるのなら、源田のためにも行くしかない。着火した僕の情熱は、まっすぐに大鰐温泉へと向かって行った。

タクシーは深い緑に囲まれた道をひたすら南に向かい、しばらくすると左手に草原が見えてきた。その草原には大きな木々が青々と茂っていた。その木は関西ではあまり見ない形をしていた。枝の端から端まで、おそらく十二、三メートルはあるだろう。あまり高くはないけれど、たくましい枝が四方へぐっと伸びている。

「すみません、運転手さん」

ラジオから流れる曲に気持ちよさそうに声を合わせている運転手に声をかけた。

「あの、左手に見える大きな木は何の木ですか？」

「りんごの木だべ」

当たり前じゃないか、と言わんばかりに素っ気なく答えたあと、彼は再びラジオに合わせて歌いはじめた。まるで客の存在を忘れているかのような天然ぶりに、僕は窓の外を見るふりをして片頬だけで苦笑した。

「二〇〇〇年代最初の夏を飾る、素晴らしい曲です！」

ＤＪが絶賛している。続いて、「サザンオールスターズの『ＴＳＵＮＡＭＩ』、これはグッときますね！」というＤＪの陽気な声とボーカルの歌声が重なった。

「運転手さん、申し訳ないんですけどラジオ消してもらえますか」

軽くため息をつきながら僕がそう告げると、オフボタンのがさつな音が全てを遮り、タクシーは再び蟬時雨に包まれた。

タクシーのメーターが五千円を超えると、すぐに大鰐インターチェンジの表示が見え、二、三分後には目的地に到着した。運転手は申し訳なさそうに金額を告げると、助手席に置いてあったダンボール箱から瓶を一本取りだした。

「わんつか遠ぐであったがな。これ、うちの母っちゃが、生姜とネギを漬け込んで作る油なんだげど、ラーメンにかげでも、野菜炒めにかげでも美味ぇぐてね。万能だはんで友達に配ってんだ。お客さんにも一本やるじゃあ」

焼肉のタレか何かの瓶に、透明な油が入っている。そうか、車内が微妙に匂っていたのはこれだったのか。

「青森は冬が長げはんで、寒い時は毎晩でもおでんを食うんだべ。んだば、おでんの具には生姜味噌だれをたっぷりかげて食うんだね。やっぱり生姜は体を温めてぐれるっきゃあ。生姜はね、うちの母っちゃの実家、鳥取から送られてくんだげど、これがまた美味ぇんだね。これを知ってまるど、ほかの生姜じゃ物足りねぇじゃよ。母っちゃの実家だば生姜を半年間洞窟に入れて熟成させでらんだ。そうするど余計な水分抜げで、ぐっとコク出るんだね。ピリッとするげど甘ぐで、匂いがいいんだね」

瓶を受けとり油の中を見ると、そこには正確な包丁さばきで千切りにされた生姜とネギが、宙を舞うように浮いていた。

「お客さんは鳥取さ行ったごどあるだが？」

「いや、ないですけど」

「そいだば、行ってみでけ」

「はぁ、はい……」

「あっ、お客さん、今『この人、地味なごど言うなぁ』って顔すたべな。行ったらびっくりするはんで。なんでも美味ぇんづか。まぁ私は一般ピープルだはんで、高級食材とか知らねげど、でも鳥取のアジフライなんか、今でも忘れられねげどね、あの味は」

僕は手渡された瓶を逆さにしたり振ったりしながら黙って聞いていた。運転手はおつりを手渡すとタクシーから降りて、

「こっちが事務所だ。誰かいればいいんだばって」

と今さら頼りないことを口にした。

彼のB級グルメ談議には少々うんざりしはじめていたが、倉庫のような建物の前に着いても「境港のアジは充分刺身でも食えるのに、揚げでまうはんで、鳥取の人は」などと、おかまいなしにしゃべり続けた。思わず、もう勘弁してください、と言いそうになったその時、子供が書いたような字で『もやし』と染め抜かれたのれんがかかったドアの向こうから声が聞こえた。運転

手はノックもせずにドアを開けずかずかと中に入ると、そこにいた男性に僕をおおざっぱに紹介すると、

「そいだばね。遠慮しねぇで腹いっぱい食ってってけ」

と言い残して、そそくさと去っていった。目の端で彼の背中が遠退いて行くのを確認し、ようやくホッとした。

「はじめまして。小矢野真九郎と申します。電話もしないで突然来てしまって、すみません」

生産者らしきその男性に挨拶をすると、

「いやいや、いいんですよ。さぁ中にお入りになってください」

と、喜んでいるとも迷惑がっているともつかない表情で、すんなりと迎えてくれた。彼はたくさんポケットが付いたベージュの作業着姿で、首に巻いた白いタオルでしきりに汗を拭いていた。

「さっきの方はお友達ですか？」

「いえ、今日、偶然二回も乗せてもらったタクシーの運転手さんなんですけど、何か？」

「いや、別に。なんでもない、なんでもない」

「いきなり来てしまって、ご迷惑じゃなかったでしょうか？」

「大丈夫、大丈夫」

どうも会話がギクシャクしている。さっきの運転手のせいだろうか。

「なんだか申し訳ないです」

「いいって、いいって。今、ちょうど出荷が終わってお茶してたところですから。私、八木橋順といいます。そんでこっちが八木橋祐也。兄弟じゃないけどね」

笑うでもなくそう言うと、ふたりはもやし栽培をはじめたきっかけを話しはじめた。壁には、細かい字で数字がびっしりと書き込まれた農協のカレンダーがかかっていた。

「出稼ぎに行かなくていいからって、最初は軽い気持ちではじめたもやしビジネスなんですが、年々需要が高まって、いつの間にか生産が追い付かなくなってしまって。最近はふたりでうれしい悲鳴を上げてるんです」

「そうなんですか。いや、恥ずかしいな。僕、こちらのもやしのこと全然知りませんでした」

「見ての通り、大鰐町は山に囲まれた田舎ですから、まだまだ知名度は低いと思います。温泉やスキー場を作ってリゾート開発しても失敗ばかりで、それでもこの田舎が誇れるものは何かって考えたら、大鰐温泉もやしかなってことになって」

「ほかの産地のもやしと、どう違うんですか？」

「あれ、ひょっとして、まだ見たことないの？」

「実はまだなんです」

と恐縮していると、大きなザルにのったもやしの束を祐也さんが持ってきた。

一目見て絶句した。こんなもやし見たことない。通常の長さの三、四倍はあるだろう。やたらひょろ長いその姿は、小学生の頃の源田を彷彿とさせた。

「三百五十年の歴史を持つ大鰐温泉もやしは、その名の通り温泉の熱で温められた土壌で栽培しています。知ってるでしょ、普通のもやしは水耕栽培ですが、うちのもやしは温かくて柔らかい土の中でじっくり育ててます。よその子より栄養をたっぷり摂ってますから体格がいいんです。いわゆる、ええとこのボンボン。育ちがいいから味が優しくて風味もあって、食べると楽しくなるほどハリがあって歯ざわりも抜群です。ちょっと食べてみて」

まさに源田そのもの。思わず笑ってしまいそうなのをこらえながら、言われるがままに生のもやしを四、五本つまみ口に運んだ。

――うまい！　そして、この上なくみずみずしい。シャキシャキと噛むごとに微かに甘い香りを放ち、心地よく喉の奥から鼻に抜けていく。もやしと言えども、あまりにも洗練された味だった。

「畑もお見せしましょうか」

「いいんですか!?　是非お願いします」

素晴らしい生産者に出会い未知の食材を知る喜びが、心の底から湧き上がってきた。建物の外に出た瞬間、遠雷が聞こえた。日本海の方角に入道雲がぽっかりと浮かび、まるで巨大な綿菓子のように見える。のどかな夏風が青葉がしげる桜の枝を優しく揺らしていた。

大鰐温泉もやしは、大きなハウスの中で栽培されていた。中に入ると、黒々とした土に長方形の穴がきちんと列をなして掘られていた。深さ五十センチほどの穴には、白くてか細い長身のもやしたちがびっしりと生え揃い、悩みを抱えた人のように、黄色い豆の部分をたらりとうなだれていた。なんとも不思議な光景だった。ステーキの付け合わせは、このもやしで決定だ。素晴らしい食材を紹介してくれたふたりの八木橋さんに、僕は心からお礼を言った。

　ハウスから出ると、八木橋さんは電話でタクシーを呼んでくれた。

「空港までですよね。すぐ来るそうですから、これでも飲んで待っててください」

「突然お邪魔したのに、こんなにしていただいて。申し訳ありません」

「いいんですよ。そんなことよりも、はい、これ。どうぞ！」

　フルーティーなりんごの香りが鼻先に触れた。

「では、いただきます」

　――うん？　美味しい。そして甘い！　りんごの果汁にしては強烈なコクがある。風味も格別だ。

「おいしいでしょ」

「はい！　びっくりするくらい」

「山田っていう僕の友達が作ってるりんごを絞ったジュースですよ。山田は東京でデザイナーとして活躍してたんだけど、今は青森に戻ってきて、リンゴ農園の五代目として後を継いでるんです」

「そういえばここに来る途中、大きなりんごの樹を見かけました」

「それですよ、かなり大きかったでしょ。樹齢何年だと思いますか？」

「そうですねぇ、『桃栗三年柿八年』って言うから、十年か二十年……いや三十年くらいですか？」

「それがね、百年なんです。だからそのジュースの名前は『青森百年りんごジュース』。そうだ、一本お土産に持って帰ってください。今取ってきますね」

と言うと、八木橋さんは事務所がある建物の方に走っていった。

歴史が織り成す技なのか、その甘みには奥行きがあり、一世紀かけて伝承されたコクはさすがに深かった。フルーツジュースでこんなに感動したのははじめてだ。タクシーを待っているあいだ玄関先のベンチに腰かけて、二杯目のりんごジュースを堪能しつつ、メインディッシュについて構想をめぐらせた。足元では蚊取り線香が夏の香りを放っている。メインはステーキ、付け合わせは大鰐温泉もやしで決定だ。僕はすでに源田を喜ばすことしか考えていなかった。そういえば、以前源田はこんなことを言っていた。

「海外の牛肉に慣れると、もう、昔みたいにこってりした霜降りの牛肉はたくさん食べられなくなってしまって。俺ももう歳かなぁ、今はもっぱら赤身ばかり食べてるよ」

となると、神戸牛ではない……。閃いたのは、さっぱりとしているけれど同時にまろやかで深い味わいが印象的な、あか牛のフィレ肉だった。先月、出張で訪れた熊本で出会った食材だ。広大な草原に綺麗な水、穏やかな気候、熊本はあか牛の飼育に最適な環境が整っている。ストレスのない環境で放牧された健康的なあか牛は脂肪分が少なく、その赤身は極上の肉質でうま味は抜群だ。

目を閉じて、あか牛の肉の味を正確に思い出し、そこに大鰐温泉もやしの風味を絡めてみた。んんん、これは悪くない！　僕はにわかに興奮を覚えた。あぁ、献立を考えることは本当に楽しい。うきうきとした気持ちが、腹の底から駆け上ってくる感覚がたまらないのだ。親友の帰国を考え抜いた料理で祝う、思いはその一点に集中した。料理とはつまり、仲間の笑顔を見るための最高のツールだ。

さて、素材の次はソースだ。いかにして、このふたつの素晴らしい食材を活かすか……。お互いの豊かなオリジナリティーを殺しあうようなことはしてはならない、そこがポイントだ。あか牛のまろやかな食感と大鰐温泉もやしの甘い香りが、絶妙に絡みあった瞬間に生まれる軽快なハーモニーを、舌の上で想像してみた。うっとりとしためまいにも似た陶酔を夏の夕凪がさらってゆく。

ベンチに座ったまましばらく恍惚としていると、遠くから車のエンジン音が聞こえてきた。玄関のドアを開けて八木橋さんが出てきた。

「今、タクシーが到着しますから」

「本当に、お世話になりました」

八木橋さんに丁寧にお辞儀をして頭をあげると、現れたのはまたあの運転手だった。

青森から神戸に戻ると、僕は早速、松本さんとディナーの買い出しに市場に出かけた。雑多な声が飛び交う東山商店街の真ん中にある、いつもの惣菜屋の店先にさしかかると、揚げたてのアジフライの試食を勧められた。

「今日のアジは最高級のやつを使っとうからね」

店主のその言葉を聞いて、早くも足が止まってしまった。アジフライを受けとってかぶり付いた途端、青森のタクシー運転手の顔が脳裏に浮かび、最高のアジフライは鳥取にあるという彼の話を思い出した。衣を二重にして大きさをごまかしているフライならどこにでもあるが、これはアジの肌がうっすら透けて見えるほど衣が薄い。

「日本有数の水揚量を誇る、鳥取県は境港市の真アジや。うちのアジは刺身級の鮮度やで。それにフライは衣が味の決め手なんやけど、うちのは生パン粉も小麦粉も全部国産やからね」

店主の口調は自信に満ちている。確かにこのサクサク感は極上だ。衣の内側から湯気をたてている肉厚のアジがジューシーな風味を放った瞬間、子供の頃この市場でよく食べた懐かしい食感が甦り、温かい気持ちに満たされた。こんなに美味しいアジフライははじめてだ。僕は一も二もなく、今夜のメニューに組み込むことを決めた。

人差し指と親指の先に残る旨みを舐めながら、見ず知らずの自分によくしてくれた青森の運転手さんのことを思い出してみた。彼は自分が本当に美味しいと思うものをタダで配り、その味を人に一生懸命伝えようとしていた。美味しいものを食べたら誰かに勧めたくなるのが人の性で、誰かに食べさせたいと思うのが人情なんだろうか。人間は、自分が感動した味覚を誰かと共有することに快感を覚えるものなんだろうか。松本さんが差しだしてくれたウェットティッシュで指先を拭きながら、運転手さんの味覚が確かだったことを思い知ると、僕は迷わず「アジフライを全部ください」と店主に言った。真っ白なパン粉に身を包まれた立派なアジフライが、バットに綺麗に並んでいるのを見れば、きっと源田も喜ぶことだろう。そう思うと胸がワクワクしてきた。

「そんなに買って全部食べられますか？　アジは足が早いから、半分ぐらいでいいんじゃないですか？」

松本さんから、いつもの注意が飛んできた。

「そうかなぁ、半分じゃ足りないよ。源田だけでも五、六個は食べるもん」

「今夜のゲストは何名ですか？」

「十人前後だと思うけど」

「では、ひとり三つずつ。余らせちゃだめですよ！」

松本さんは、食べ物を腐らせてしまうことを何よりも嫌ったし、物を粗末にすることに耐えられない人だった。貧しかった少女時代のことをよく話してくれるけれど、そんな家庭で育ったことを臆面もなく晒けだす彼女は、いつでも凛としていて魅力的だった。

子供の頃から、松本さんに誘われれば大喜びで市場について行ったものだが、今から思えば、松本さんは敢えて僕をここに連れてきていたに違いない。うちは両親のしつけが厳しくて、商店街で立ち食いなんてもっての外だったけれど、そこを汲んでくれたのは松本さんだった。僕を連れてきては密かにコロッケや唐揚げ、たこ焼きの立ち食いもさせてくれ大いに喜ばせてくれた。そのお陰で商店街の人たちとも親しくなれたし、みんな僕を可愛がってくれた。

東山商店街では外国人も商売をしていた。日本語がまだ上手く話せない人たちとも松本さんは分け隔てなく付き合い「困ったことがあったらなんでも言ってくださいね」とみんなに声をかけていた。中華惣菜屋さんとも懇意にしていて、そこには台湾から来た男前の職人がいた。彼は商店街を歩く松本さんを見かけるや否や「試食あるよ！」と声をかけ、いつも熱々の餃子や小籠包をご馳走してくれた。

「ねぇ、昔ここに腕のいい台湾人の料理人がいたよね」

「あら、よく覚えてるわね。ずいぶん昔のことなのに」

松本さんは少し驚いた顔をした。そして、

「あの人が作るお惣菜はね、とっても味がよかったのよ。特に珍しい中国野菜の炒め物が美味しかったわ。空芯菜っていうの？　茎がストローみたいになってて味がよく絡むの」

と懐かしそうに眼を細め話を続けた。

「陳さんっていうんだけど、何度か一緒にお茶を飲んだことがあったのよ。商店街の真ん中に『ハイジ』ってケーキ屋さんがあるでしょ、あそこの二階のティールームで。真九郎さんも一緒にいたけど覚えてない？」

「え、ほんと？　僕もいた？」

　食べ物にしか興味がなかったんだろう、全く記憶にない。

「陳さんが『ハイジ』のケーキは日本一美味しいからって連れていってくれたの。うきうきして行ったら、彼が勧めてくれたのは意外にもすごくシンプルなクリームチーズケーキで、それが、びっくりするほど美味しかったのよ。ふつうだけど品のいいケーキって、こういうものかと思ったわ」

　そんな話を聞いていたら、カスタードプリンやシュークリーム、昔ながらのババロアがずらっと並んだショーケースと、ガラス越しに見える職人の姿が鮮明に甦ってきて、大好物の珈琲ティラミスが無性に食べたくなった。

「陳さんとは今も会ってるの？」

「それがね、三、四年神戸にいたあと、東京のいいレストランに引き抜かれていったの」

　松本さんは、あっさりと言った。

「それにしても、あの頃はよく真九郎さんとこの辺りを食べ歩いたものね。一回だけ奥様に見つかって叱られたことあるけど、覚えてる？」

「そうそう、あった、あった」

「でもね、私は真九郎さんにこういう庶民の生活にもふれて育ってほしいと思ってたの」

それから東山商店街を何往復もしながら、僕が小学生だった頃の思い出を松本さんは楽しそうに語った。震災以降、神戸の街は大きく変貌したけれど、東山商店街は、店構えも商品も顔ぶれも、不思議と昔のままだった。

「料理長！　久し振りだなぁ」

源田がダイニングルームに入ってきた途端、会えなかった時間が肩にのしかかってきたような気がした。けれどそれは、心地よい重みだった。前回彼に会ってから今日までの歳月は、そのまま震災と復興に重なっていた。そのぽっかりと空いた空洞のような期間が、やっと埋まったように感じられたのだ。僕は前掛けをしたまま幼馴染と握手をし、ガッチリとハグを交わした。履き慣れたジーンズに足を突っ込む時のようにすんなりと当たり前で、それでいて心がじんわりと温まる、そんな特別な懐かしさを味わっていた。誰でも、幼馴染との再会はこんなにもいいものなんだろうか。

源田がハーバードに留学中も長期休暇を利用してアメリカまで会いにいき、彼が一時帰国したと聞けば、源田の家の近くの須磨の海岸で一緒に過ごした。しかしふたりとも社会人になり、さらに源田の海外生活が長くなるにつれて、僕たちはなかなか会えなくなった。まぁそれが社会人というもの。お互い元気で仕事が上手くいっていれば、それだけで充分幸せだったし、自分としては絵葉書一枚で何かを等しく分かちあっているような気持ちだった。いや、源田もそう感じていたに決まっている、幼馴染とはそういうものだ。

「真九郎、アメリカで会って以来か？　だったら六年ぶりだな」

「そう、前に会ったのは、僕が就職浪人中で、お前がハーバードの大学院生だった時。たまのEメールのやり取りだけじゃまどろっこしくて、もう会いに行っちゃえってね」

「そういえば、今スターマップ作ってんだって？　あの頃は日本にスタマができるなんて思ってもみなかったけど、まさかお前がスタマの建設にかかわることになるなんてな」

「アメリカに行った時、ハーバードの学生がスタマにノート型パソコン持ち込んで勉強してる様子は衝撃だったなあ。さすがアメリカの学生は違うってね。今じゃ日本もきっちりアメリカのあとを追ってるよ」

「うん、アメリカは日本より早くインターネットが普及したからね。仕事や勉強はもちろん、今じゃ買い物もネットで完了だよ」

「買い物も？　なんで？」

「アメリカは広いだろ、とにかく店が遠いんだ。それに日用品は何でも大量買いだから、カタログで注文して自宅に届けてもらうのが基本形。注文は電話でもいいけど、インターネットの方が断然早いんだ」

「ファックス使えばいいじゃん」

「何言ってんだよ、もうファックスの時代は終わりだよ。これからの社会は、インターネットでつながるのが当たり前になってくる。そのうちネット上で誰もが自由に発信できるようになるはずだから、そうしたら、職業も年齢も住んでる場所も関係なく誰とでもつながれるようになるし、自分で新しい仕事をどんどん作れるようになるんだ。アメリカじゃあすでに、仕事は探すものじゃなくて作るもの、アイディア次第で大富豪になれる時代がすぐそこまで来てる。日本も絶対そうなるよ」

同い年でありながら、すでに何カ国もまわっている源田の言葉は確信に満ちていた。

「まさか。どこの誰ともわからない人となんて、危なくてつながれないよ。インターネットって言ったって、使うのはせいぜいEメールぐらいだろ。だったらファックスの方が便利だよ。手書きの地図だって簡単に送れるし、こんなに便利なものないよ」

「だからさ、世の中は常に進化してるんだよ。アメリカの若者はそこんとこに注目して、大学生やりながら通信関連の会社とか、どんどん立ち上げてるよ」

「え、学生やりながら社長もしてるってこと?」

「当然だよ。今、情報通信の世界が劇的に変わってきてるから、経験のない若者にとっても、あちこちチャンスが転がってるんだ。遊び感覚で株に投資して、儲けたらそれを元手に起業する。学生社長なんて、アメリカにはゴロゴロいるよ」

「通信革命か……。そういえば、送られてきた内容が本人にしか読めないファックス用紙が開発されたらしいよ、このあいだ経済新聞に記事が載ってたんだ。すごいよね、画期的だよ。僕が投資するなら、やっぱり最先端のファックスだな」

「だからぁ、もう時代が違うんだって。いまさらファックスだなんて。……真九郎、投資話持ちかけられても絶対のるなよ。お前、危ないからな！」

しばらく源田とこんなやり取りを続けながら、僕は親友が帰ってきた喜びが本格的に湧いてくるのを感じていた。

「ところで、料理の方はどうなんだ？　相変わらず食材探しに精出してんのか？」

「もちろん！　スタマのアダプティブユースと両立させて、相乗効果でますます冴えてるよ」

「お、楽しみだな。料理長、今日は期待してるぞ」


源田はそう言って、もう一度握手を求めてきた。望むところだ。こちらはこの一週間、もやしとフィレ肉をいかにしてマリアージュさせるか、とことん考えぬいたのだ。

そもそも両方の素材のレベルが高いのだから、塩胡椒の味付けだけでも料理として成立はする。が、それではただ皿の上にもやしと肉が並んでいるというだけであって、とてもマリアージュとは呼べないし、食べた時も、異なる素材感が口の中でぶつかりあってしまう。ならばフィレ肉のコクともやしのキレ、そのどちらかにまったりとした食感をもたせ、統一感を演出すべきか。

こんな時は肉にソースをかけるのが王道だが、それでは代わり映えがしない。凡庸だ。かといって、もやしの方にソースをかけると、せっかくのキレを損なってしまう可能性がある。

そこで閃いたのが、もやしのソースに爽やかな風味を加えることだった。そうすればもやし本来のキレを保つこともできるし、フィレ肉とのマリアージュも上手く成立するはずだ。となると、ソースの味わいには微かな酸味が必要だな……。僕はさらに考えた。

問題は、表面がツルツルしているもやしにはソースが絡みにくいという点だった。それなら、とろみをつけた餡かけ仕立てがいいだろう。お馴染みのあの食感はきっと喜ばれるに違いないし、餡かけソースなら二分もあればできあがる。ただ、芸のない中華風もやし炒めにならないようにしなければ。なにしろマリアージュのお相手は、あか牛のシャトーブリアンなのだ。もやしと肉、双方の味わいに、品格と優しさが必須だということは言うまでもない。

しかし——爽やかな風味を持ちながら、なおかつ味わいには優しさと品格がある。そんな餡かけってあったっけ?


さあ、いよいよ一週間にわたる熟考の成果を見せる時が来た。今日のお客は、主賓の源田のほかにいつもの仲間の井嵜さん、長嶋さん、阿部、河野、松波、さらに両親の合計八人だ。僕はグリルの前で前掛けの紐をしっかりと結び直した。

「肉、冷蔵庫から出して何分経った?」

「ちょうど六十分です」

「ジャストだな。さすが松本さん」

ふたつの拳を腰にあて、グリルを見下ろした。首からあごにかけてジワリと熱が伝わってくる。その熱量で肉をのせるタイミングをはかりながら、まな板の上にどんと横たわる熊本あか牛の特上部位シャトーブリアンへと静かに包丁を入れた。

高さが七センチになるよう注意しながら、肉の塊を四つに切る。焼いて一センチほど縮んだものをそれぞれ半分にカットすれば、一人前のステーキの高さは約三センチとなる計算だ。コース全体のメニュー構成を考えると、これぐらいがちょうどいい。

ひとつずつ丁寧に塩と胡椒をまぶしていると、徐々に胸が高鳴ってきた。

あのジュッという音を聞きたくてたまらない。あの香ばしい香りを嗅ぎたくてたまらない。あの美しい飴色の焼き目を見たくてたまらない――！

「よし、焼いていきましょう」

ジュッ、ジュッ、ジュッ、ジュッ。

四つの肉をグリルにのせた途端、勢いよく煙が吹き上がった。煙とともにほんのりとした甘さも香り立ち、それだけでこの肉が最高のクオリティーであることがわかる。さすがは熊本あか牛だ。熱と煙で僕の気分はますます高揚し、全ての意識はグリルの上へと注がれた。

「もう少し、間隔をあけて並べて」

「あら、ごめんなさい」

松本さんはトングで肉をそっと挟んで持ち上げようとした。

「もっと大胆にやっていいよ」

僕は焼き面を敢えてグリルにこすりつけるようにして肉を移動させた。ジュージューと香ばしい煙を撒きちらしながら、四つの肉がグリルの上を滑った。

「お肉を動かす時、持ち上げないんですね」

「うん、肉の表面を飴色に焦がしたいんだ。ステーキはね、全面がちゃんと焦げてないと、本来の旨みが肉全体にひろがらないんだよ。それに、ほどよく焦げることによってメイラード反応っていう化学変化が起きて、それまでなかった新たな香りが生まれる。例えば食パン。トーストするとより香り高くなるでしょ」

「なるほど、確かにそうですね」

横からグリルを覗き込みながら松本さんは頷いた。

「それにしても、結構間隔をあけて焼くものなんですね」

「そう。間隔をあけて置くと、熱せられた空気が十分にいきわたって肉の側面に膜が張る。そうすると旨みが逃げないし、肉と肉のあいだに立ち込めた煙のお陰で、香ばしさが側面からも浸透していくんだ。それに、今日のステーキは厚みが七センチもあるから、上手く調理しないと側面から旨みが逃げちゃうんだよ。ほら、汗をかいたみたいに肉汁がぽたぽた垂れてるでしょ。これがもったいない！　肉だけじゃなくて、ほかの食材も間隔をあけて調理した方がいいよ。つまり、周りの空気も大事な調理道具のひとつってわけ」

松本さんはエプロンのポケットからペンと手帳を取りだすと、素早くメモをとりはじめた。新しく知ったことをすぐに書きとめるのは、昔からの彼女の習慣だ。そのお陰で僕の方が勉強になることもしばしばだった。

「さっきから何をブツブツ言ってんだ？　おしゃべりに気を取られて、焼き過ぎないようにしてくださいよ。俺の好みの焼き加減、まだちゃんと覚えてるか？」

ダイニングから源田の声が飛んできた。今日の主賓は、なかなかうるさい。ミディアムレアとミディアムの中間より、やや、ミディアムレアに近い焼き加減を、昔から源田は好んでいた。何年経っても肉へのこだわりは少しも変わらず、実に面倒くさい。主賓のほかには井嵜さんだけがミディアムレア、そのほかのお客はミディアムが好みだ。

我が家のグリルは奥に行くほど温度が高くなるように設定されているから、火が通り過ぎないように、ミディアムレアに仕上げるひと塊だけを手前によせた。

「そろそろだね」

合図を受けて、松本さんはトングで肉をひとつひとつひっくり返し、僕は丁寧に手を洗って右手の薬指を肉の表面にそっと押し当てた。

「何してらっしゃるんですか？」

グリルの上でいい音を立てている肉と僕の真剣な顔を交互に見ながら、松本さんが尋ねた。

「焼き加減の確認」

「指で触ってわかるものなんですか？」

「うん、感触が微妙に違うんだ」

「あら、そうなんですね。メモしておかなきゃ」

彼女はまたポケットから手帳を取りだした。

「どうちがうんですか？」

「言葉で説明するのはちょっと難しいんだけど、僕の判断基準はね……唇を閉じたまま上下の歯を少し離して、歯と歯の間のほっぺたを押した感じに近ければレア。歯ぐきの部分を押した感じだったらミディアム。あごの骨を押した感じだったらウェルダン」

「なるほどねえ、それを指で確認なさってたんですね。中が見えないから、焼き過ぎてしまわないか、いつも不安だったんです」

松本さんは手帳にペンを走らせている。

ちょうどよいタイミングでグリルから上げられた肉は、温めた皿の上に並べてしばらく休ませた。こうして休ませることで身がほぐれ、スモークの風味と肉汁が全体にいき渡る。この二分から三分の工程も重要な調理工程だ。

さて、そのあいだに付け合わせの準備だ。僕は大鰐温泉もやしを冷蔵庫から取りだし、鍋を火にかけた。

「それにしてもびっくりですよ、このもやし。サイズが規格外！」

小さめのボールに餡かけ用の水溶き片栗粉を用意しながら、松本さんはもやしが入ったザルをまじまじと見つめた。

「芽を付けたままでいいかしら。芽まで立派だから、なんだかもったいないわ」

「問題ないよ」

「それにしても、もやしが百グラム百二十円もするんですね。百グラム二十円ってとこもあるのに」

「大鰐温泉もやしは別格なんだよ」

松本さんに指示を出しながら、僕は鍋をしっかり熱した。

「ごま油ですか、それともサラダ油？」

「いや、その奥のやつ」

「なんですかこれ？　焼肉のタレの瓶？　中に何か浮かんでますよ」

『その奥のやつ』はひっそりと出番を待つように、キラリと輝きを放っていた。いよいよ、あの運転手がくれた特製油の登場だ。

皿の上でグリルした肉を休ませているあいだに、僕は「大鰐温泉もやし生姜ねぎ油餡かけ」を仕上げた。そして、焼き上がった四つの肉の塊を半分にカットするよう松本さんに頼み、八枚のお皿にもやしの餡かけをドーナツ状に盛り付けた。そしてその穴の部分にカットした断面を上にしてステーキを載せれば、本日のメインディッシュの完成だ。周囲のピンクから中心に向かってやや赤みが増す断面のステーキの皿を二枚、松本さんは両手ですっと持ち上げ、まずは主賓の源田に、そのあと井嵜さんの前に置いた。それから順に、ほかのゲストにも配膳していった。

「うわー、最高の焼き具合!」

「こんな綺麗なピンク見たことない! これが熊本のあか牛ね、はじめて食べるわ」

「あれ、付け合わせのこれってなんだ? パスタか?」

「もやしじゃないかしら? 黄色い芽が付いてるし」

「でも、もやしにしてはちょっと長過ぎない?」

思惑通り、ゲストははじめて見る大鰐温泉もやしに驚いていた。

「では、本日のメインディッシュ、いただきましょうか」

主賓の言葉を合図に、ゲストは揃って手を合わせ「いただきます」と言ってからナイフとフォークを動かしはじめた。

「真九郎、この巨大もやしうまいよ! 産地どこ?」

「青森だよ」

「青森産のもやしなんて、はじめて聞いたわ」

と、井嵜さんと長嶋さんが声をあげた。

「それにしても、こんなに長いなんて、びっくりね!」

「黄色い豆の部分の味がすごく濃厚よ」

「歯ごたえもいいわ」

「普通のもやしより甘いし、なによりキレがすごいわね」

「こんな味わい深いもやし、今までなかったわよ」

　ふたりの反応に僕は手応えを感じた。

「それにこの餡かけも、絶妙の味付けね。やっぱり、ここにも隠し味が潜んでいるでしょ」

　さすがグルメの井嵜さんだ。テーブルナプキンの内側で上品に唇を拭くと、鋭いところをついてきた。

「確かに、餡の中に複雑な風味を感じるね。真九郎、相変わらず料理の研究には手を抜いてないな。建築の方は知らないけど」

　源田は嫌味をひとつ言って笑いを集めてから、あっという間にもやしだけを綺麗に平らげた。もぐもぐと美味しそうにもやしを食べる彼を見ていると、胸が熱くなった。その姿は小学生の頃と全く変わらなかった。いつの間にか僕たちはすっかり大人になって、気が付けばもう三十三歳だ。お互い独り者で気楽と言えば気楽だが、僕同様、いやそれ以上に、海外で暮らす彼はいろんな経験をしているんだろう。何も言いはしないが、きっと辛いことも嫌なこともあるだろう。そう思うと目頭が熱くなりそうだったので、敢えて呆れ声で言い返した。

「あのなぁ、もやしばっか食べてないで、肉も食べてからそれを言ってくれよ。肉ともやしのマリアージュにこだわった味付けなんだからさ」

再び起こった笑い声が、しんみりしていた僕の気分を変えてくれた。

「もやしのおかわり、ありますか？」

源田が松本さんに言った。

「少しだけならあると思いますが……」

彼女は僕に視線を送って確認をとり、源田にもやしのおかわりを用意した。その時、ひと口目のフィレを飲み込んだ松波が声をあげた。

「なんだこの肉、うまい！」

続いて長嶋さんも松波と目を合わせ、

「ジューシーで肉自体が甘いわ。本当に美味しい！」

と感動し、井嵜さんも、

「それに肉質のキメが細かい。噛んでいると、それがとてもよくわかるわね」

と、しきりに感心している。続いて阿部も言った。

「肉そのものにこれだけ旨みがあるんなら、ソースもタレもいらないかもって思ったけど、餡かけ仕立てのもやしくらいが、食べ合わせとしてはちょうどいいね。真九郎、また腕上げたね」

「腕のお陰じゃなくて、肉のお陰だろう」

すかさず源田が突っ込むと、また全員が笑った。まるで花が咲いたように、テーブルの周りに幸せそうな笑顔が揺れた。

「やっぱりこのレベルのお肉には、フルボディじゃないとダメね。真九郎、いいチョイスだわ」

ワイン通の井嵜さんも、今夜の僕のワイン選びを喜んでいるようだ。

「『フルボディ』ってどういう意味ですか？　最近よく聞きますけど」

彼女のグラスにワインを注ぎながら、松本さんが尋ねた。

「フルボディっていうのはね……」

長くしなやかな首を少し傾け、井嵜さんは松本さんにも伝わる表現を探しているようだった。

「えっとね、わかりやすく言えば、色が濃くて香りが濃厚で、味にコクがあって渋みもある赤ワインのことを『フルボディ』って言うんです」

今日のワイン、黒に近い深みのある赤色と、果実味豊かな香りが特徴のブルネッロ・ディ・モンタルチーノは、百年の熟成も可能なイタリアを代表するワインで、イタリアワインにおける黄金時代、一九六〇年が当たり年とされている。

上質なワインの香りを楽しむ時、井嵜さんは必ず目を閉じて上を向き、首元からあごの先までの美しいラインを見せて、うっとりとした表情をする。その様子を見て、僕たちはうっとりとする。言うまでもなく親父もそのひとりで、そんな男性陣を見ては、頭を左右に振って呆れ顔を作っているのはお袋だ。

「さすがによく知ってるわね。ブルネッロはイタリアの女王って呼ばれてるワインだから、あなたによく似合ってるわ。軽くチェリーやミントの香りもするけど、なんと言ってもかぐわしいスパイシーな香りが圧倒的でしょ。これが、癖のある味わいのジビエとか、それこそ今日のシャトーブリアンとか、味も匂いも濃いチーズとかと見事なマリアージュをするのよ」

「お母様、ありがとうございます。でも、さすがなのはやっぱり真九郎だわ」

井嵜さんがそう言うと、源田はワインを揺らしながら「確かに大した腕前だよ、真九郎は」と前置きをしてから、喉に残っていたワインをぐっと飲み込み、

「もやしは付け合わせとして、見事にシャトーブリアンとマリアージュしてた。ということはブルネッロがもやしとも上手くマリアージュしていたということになる。それって奇跡だと思うよ。そうだろ真九郎」

と迷いのない口調で言った。さらに、

「ブルネッロみたいなフルボディワインは、こってり系の赤身肉かジビエと合うとされている。逆に言うと、もやしみたいなさっぱり系の野菜には合わないということになる」

と順序立てて語りはじめた。

「でも今回、ブルネッロはこのもやしと最高にマッチしていた。ということは、餡かけにすることによって、フルボディにも合うほどのコクがもやしの側に生じたということが証明される。けれど同時に、このもやしにはキレのあるスッキリとした味わいも感じられたし……。真九郎、お前、餡かけに何か垂らしただろう。俺はちゃんと見てたんだぞ。秘密兵器的なあの隠し味はなんだ？」

源田らしい論理的な推理で詰めよってきたが、僕はもったいぶってすぐには秘密を明かさず、わずか数滴で味に劇的な変化をもたらす魔法のボトルのキャップをグイッと閉めた。と、ここで阿部が唐突に言った。

「食材のマリアージュもいいけど、真九郎、お前のマリアージュの方はどうなってんだ？」

二流のジョークに苦笑しながら横を見ると、お袋と目が合った。でもその視線は、三十三にもなるのに結婚もしないでぶらぶらして……と咎めるようなものではなく、僕の気持ちを察した慈悲にも似た視線だった。お袋は、息子がいまだに結婚しない本当の理由をわかっていてくれる。僕はそう信じていた。

さて、そろそろ次の一品だ。

肉を小さめにカットしたことにも、付け合わせを敢えてもやしだけにしたことにも、実は理由があった。メインディッシュをふた品用意しているのだ。源田のもうひとつの大好物、アジフライが二品目のメインディッシュ、学校の給食でアジフライが出ると彼は目の色を変えたものだ。

その前に、口直しとして、僕は小さなガラスの器にグラニテを盛り付けた。グラニテとは、肉料理と魚料理の間に供されるシャーベットのことだ。まずりんごシャーベットを作りそれをスプマンテで割って、ベッリーニのようなテクストの、カクテルとシャーベットの中間の濃度でグラニテを作ってみた。すると、イタリア帰りの源田がすぐに反応した。

「これ、ハーリーズ・バーの有名なカクテル、ベッリーニのりんごヴァージョンじゃないか。

ヴェネツィアの伝説のレストランのメニューを取りいれるなんて、真九郎、なかなかやるな。スプマンテはどこのやつ？」

答えたのは、井嵜さんだった。

「この繊細な泡立ち方は、カデルヴォスコじゃないかしら。それにしても、りんごがとても美味しいわね、甘さに品がある。こんなに美味しいりんごははじめてだわ」

「正解！　それにしても、ふたりとも本格的なグルメになったね」

そう僕が言うと、源田と井嵜さんは目を合わせ、グラニテで小さく乾杯した。

コンロの前で天ぷら油の温度を調節しながら、あの日青森で出会ったタクシー運転手の話をすると、

「ということは、グラニテは青森の百年りんごで、アジフライはその運転手オススメの鳥取産だな」

揚げたてのアジフライに目を丸くしながら源田が言った。

「そうなんだ！　じゃあ、新鮮そのものってわけね」

長嶋さんが、フォークに刺したアジの断面をまじまじと見つめた。

「これ、絶品だわ！　ソースもオリジナルでしょ、最高に美味しい」

「確かに。衣もサクサク！」

さっき食べたあか牛を忘れてしまったかのように、誰もがたちまち鳥取産アジフライに心を奪

われた。

「美味しさのカギは衣か？」

「いや、アジの鮮度だろ？」

「超高級アジフライとでも言うか……」

「とにかく、贅沢な一品なのは間違いない！」

口々にそんなことを言いあいながら、阿部と河野がおかわりを求めると、黙ってみんなの意見に耳を傾けていた松波が、急にきっぱりとした口調でこう言った。

「そうじゃないよ、アジフライは庶民の味だからうまいんだよ。鳥取のソウルフードを誤解してもらっちゃ困るな」

「え、これが庶民の味なの？　おそるべし鳥取ね」

井嵜さんが驚いているのを見て、松波が笑顔で続けた。

「僕、鳥取出身なんだ。やっぱり地元を褒められると嬉しいし、自分のルーツに誇りを持てるって幸せなことだよ。鳥取って地味な所だと思われがちだけど、美味しいものがいっぱいあるんだ。さっきの餡かけの隠し味は生姜でしょ？　あれは、おそらく鳥取の日光生姜じゃないかな」

今日の松波は鋭い。いつもは控えめな松波だが、地元の話となるとやけに堂々としている。嬉しくなって、僕はさらに訊いてみた。

「もうひとつ鳥取産の食材があったんだけど、気付かなかった？」

さすがにこれには彼も答えることができなかった。答えは、アジフライのソース。今日の午後、有機野菜をコトコト煮込んでベースを作り、有名な鳥取県産二十世紀梨を煮詰めてジャム状にしたものを配合したオリジナルのウスターソースだ。

タネを明かすと、松波は嬉しそうな顔をして「やられたぁ」と悔しがった。彼のその笑顔を見た途端、青森のタクシー運転手に無性に会いたくなった。

予想通り、ゲストは一枚残らずアジフライを平らげた。そしてデザートは、商店街のケーキ屋さん『ハイジ』で調達した栗のモンブランだ。「手抜きじゃないか？」と源田は言うけれど、やっぱり『ハイジ』には敵わない。それに、自分が好きなものを誰かに勧め、喜んでもらえるのは嬉しいものだ。つまり、料理のテクニックを褒められるだけが僕の喜びではないのだ。言ってみれば、共感の喜びかもしれない。自分が美味しいと感じたものが、ほかの誰かにとってもそうである時、何か大切なものを分けあっているような気がして幸せを感じるのだ。

デザートもあらかた終わったテーブルでは、源田がイタリアの土産話に花を咲かせていた。イタリアの通貨がリラからユーロに変わったことに話題が及ぶと、

「敗戦国イタリアの戦後を支えたリラも、とうとうなくなるのか。七〇年代のイタリアの高度経済成長期を支えた通貨だったんだがな」

と、親父が感慨深げに言った。

「リラの時代のイタリアには、特別な活気が感じられたもんだ。俺は七〇年代から頻繁にイタリアを訪れてるんだが、今から思えばいい時代だったよ。芸術も音楽も、まさに激動の時代だったな」

「本当にそうね、ちょうど真九郎が小学校に入学した頃だったかしら。日本でも本場のピッツァを食べられるお店がちらほら出てきたりして」

　お袋も懐かしそうに頷いている。

「ところで、もうみんなユーロには慣れたのか？」

「ええ。かなり混乱するんじゃないかと思ってたんですけど、案外すんなり受け入れられたみたいですよ」

　源田の答えに、そうなのね、と井嵜さんは軽く相づちを打ち、それから隣にいるお袋に話しかけた。

「お母様は毎年イタリアに行ってらっしゃるんですか？」

「毎年ってほどでもないわ。パリには必ず行くんだけれど、イタリアまではなかなか……」

　お袋は少し残念そうな顔をして見せた。

　息子の友人が集まると、お袋は決まって井嵜さんの隣に席をとる。そしてその横で長嶋さんがさりげなく会話をサポートするのだが、いつものことながら、歴代のミス神戸が三人揃った光景はなんとも華やかだ。

「最後に行ったのはヴェネツィアだろ。ちょうど映画祭の真っ最中で、北野監督が金獅子賞をとった話題で盛り上がってたな」

親父から映画の話題が出たのを受けて、井嵜さんがお袋に尋ねた。

「そう言えば、イタリアは映画大国だって聞いたことがありますけど、そうなんですか？」

「ええ、そうだと思うわよ。あなたたちには、ちょっと古いかもしれないけれど、私たちの年代だったら、イタリア映画と言えば『ひまわり』ね。ソフィア・ローレンがとっても素敵だったし、ミラノ駅でのお別れのシーンなんて涙なくしては観られないわ」

「あの映画は古き良き時代のイタリアの象徴ですね。イタリアン映画の全盛期。マストロイヤンニがいて、ヴィスコンティがいて――」

「いわゆる黄金期だな」

源田の意見に親父もすぐに同意した。

「時代はちょっと違いますけど、僕は『ニュー・シネマ・パラダイス』も好きですね」

「いやぁ『ニュー・シネマ・パラダイス』もいいんだが、俺はね『イル・ポスティーノ』が好きだな。あれこそ最高傑作だよ。それに、不思議とあの映画には、もののあわれみたいなものを感じるんだ」

「それ、僕もよくわかります。もののあわれなんて日本独自の感性だって思ってましたけど、ラテン系の彼らにも同じような感覚があるんだって、『イル・ポスティーノ』を観た時に気付かされました」

「源田君、それ面白い観点ね」

「情緒を感じる心は文化を超えるってことかしら」

井嵜さんと長嶋さんも、感心したように頷いている。

すると親父が、こんなことを言いはじめた。

「以前から思っていたんだが、俺は、古き良き時代のイタリア映画と『ハイカラ』と呼ばれてた頃の神戸の間には、どこか似通った雰囲気があるような気がしてしょうがないんだ。ハリウッド映画のような派手さはないが、陽気さとエレガントさに、しっとりとした情緒が加わってるというか……」

お袋は親父のこの発言に意外そうな表情を見せた。けれどすぐに、

「――言われてみれば、そうかもしれないわ。ファッションも、イタリア人の感覚と神戸の人のセンスには共通点があるかもしれない。ちょっと面白いわね」

と目を輝かせはじめた。

親父は椅子の背もたれに体を預け、腕組みをして話をつづけた。

「どっちも、ゆるいところが似てるんだよなぁ。パリやロンドンに比べたら、ミラノのセンスは自由と言うか、のびのびしてると言うか、どこかゆるい感じだろ。神戸のセンスも大阪や東京と比べたら、随分自由で開放的じゃないか？」

「そうね、特にミラノのデザインセンスは素晴らしいわ。ファッションだけじゃなくて、家具も車も、あれだけシンプルなデザインなのに華があって、それでいて少しも堅苦しさを感じさせないもの」

「所謂『クラシコ』って概念が土台にあるからじゃないか。デザインのコンセプトに安定感があるんだよ。イタリア人は古いものが好きだし、小手先だけの奇をてらったことを嫌う人たちだ。で、神戸は神戸で『変わらないことに価値がある』っていう土地柄だろ。昔から神戸の人は、新しい物や流行に敏感なようでいて、実は揺るぎない独自のスタイルを持ってる。イタリアも神戸も、あくまで「自分たちらしさ」を大切にする一本筋が通ったところが似てるのかもしれないな」

「確かにそうですね。僕の父の若い頃の写真を見ると、仕立てのいいスーツをなんのてらいもなく颯爽と着こなしていて、それこそイタリア人のようにキリッとしてますから。生まれたばかりの僕を抱っこした母が一緒に写ってましたから、六〇年代半ばの写真ですね。いかにも『ハイカラ神戸』の甲南ボーイって感じでした」

そう源田が言い終わるや否や、

「いやいや、俺の親父の若い頃なんて、もっとすごかったぞ。あの頃から週末はニッカポッカにハンチング姿でゴルフだからな。まさに『ハイカラ神戸』の全盛期だよ」

と親父が身をのりだし、お袋も、

「私の母の若い頃も、ずいぶんと華やかよ。洋服にしてもお帽子にしても全部オーダーメイドで、それはそれは凝っていたもの。今よりずっとお洒落でモダンだったかもしれないわ」

と、懐かしそうに言った。

すると松本さんがコーヒーのおかわりを注ぐ手を止め、遠慮がちに口を開いた。

「あの……、先代の旦那様も同じことをおっしゃっておられましたよ。『俺の親父の若い頃の神戸は最高の時代だった』って。『あの頃の神戸は輝いていた』って、何度もおっしゃってました」

「それって、お義父様はいつの時代のことを言ってらしたのかしら」

お袋の疑問に、親父は宙を見つめて記憶をたどりはじめた。

「親父が言ってるのは、俺の爺さんの頃のことだろ。となると、俺の親父が大正生まれだから、爺さんが若い頃というと――明治の終わりあたりになるかな」

「ちょうどパリのベル・エポックが華やかなりし時代ですね」

源田がすかさずそう指摘した。すると、

「そう言えば『ハイカラ』って言葉が神戸で生まれて流行ったのも、その頃だって聞いたことあるわよ」

「と言うことは、当時の神戸はパリの賑わいとつながっていたってことかしら。さすが歴史ある港町ね」

井嵜さんと長嶋さんが鋭い考察を加え、親父と源田は揃って膝を打った。

と、ここで突然、「あの……すみません。ちょっと、よくわからないんですけど」と松波が控えめに手を上げた。

「さっきから話を聞いてると、要するに、僕らのひいお爺さんたちの若い頃も、おじいさんおばあさんたちの若い頃も、両親の若い頃も、神戸はずっといい時代だったってことですよね。ということは、『ハイカラな神戸』のいい時代は、明治時代からずっと続いていたってことですか?」

「――そうだな、結局そういうことになるな」

親父は腕組みをしたまま黙ってしまった。

すると、テーブルの横に控えていた松本さんが、「お話しを遮って申し訳ないのですが……」と前置きをしてから、こんなことを言いはじめた。

「私がこちらに参った時、まず先代の旦那様、真九郎さんのおじい様にお仕えさせていただきました。先代の旦那様は、ご自分のお父様のお話をよくなさっていて、ですから私がこちらでお聞きしているのは、明治から平成までのいろいろなお話です。でも、みなさま同じことをおっしゃるんです。『親父の若い頃の神戸は、ハイカラでいい時代だった』って。だから私は、神戸はいつの時代もハイカラでいい時代なんだって、そう思っているんです。それに、これだけは間違いないのですが……、私は神戸に来てから、そして、こちらにご奉公させていただいてから、いつだって幸せです。ずっとずっと幸せなんです。これは、時代がどう変わろうと絶対に変わりません」

全員が静かに耳を傾けた。松本さんのひと言ひと言に、彼女の人柄そのものの温もりが感じられ、僕の喉はこみ上げてくる熱い感情に圧迫されて、ごくりと音を立てた。

場がしんみりとしたのを察してか、松本さんは別の話題で空気を変えた。

「源田さん、向こうでのお仕事はいかがですか？」

そうそう、大事なことを忘れてたわ、と言うようにお袋も源田の方を向いて話しかけた。

「イタリアでの海流調査は上手くいってるの？」

「はい、順調です」

「イタリアのどこなの？」

「南のレッジョ・ディ・カラブリアです。イタリア半島の形をブーツの形に例えるなら、つま先の方に位置していて、対岸に見えるのはメッシーナというシチリア島の街なんです。その辺りの海はメッシーナ海峡と呼ばれていて、今はそこで調査しているんです」

「人口はどのくらいなの？」

「十八万人のいわゆる田舎町です。ちょうど百年ほど前に大地震が起こった地域で、メッシーナ海峡が震源域でした」

「イタリアでも地震があるのね！」

井嵜さんが驚いたように言った。

「日本と同じで地震国だよ。その時は津波も発生して、対岸のメッシーナとレッジョ・ディ・カラブリアを合わせると十万人とも十二万人とも言われる人が亡くなったんだ」

親父は目を見開いて「それは大地震だな」と呟いた。

「ええ、そうなんです。もともと僕の専門は、海底地形と海流を調査して、海流発電所の建設計画を立てることなんですけど、神戸の震災の時は戻ることもできず、向こうにいてテレビを見守っていることしかできなかった。それで、いつの間にか海底震源地特定調査に意識が向いちゃって。自分の国であろうがどこであろうが、世界中、僕が海流や海底を調査することによって、多くの人命を救うことができるんじゃないかと思うと、もっと頑張ろうって思えるんです」

お袋は、「偉いわねぇ」と言ってワインを揺らした。

「小学生の頃から瀬戸内海の地形や海流に、異常に詳しかったからな。それがそのまま天職になって多くの人の役に立ってると思うと、俺の胸にはジンとくるな。本当に偉いな」

親父は古いアルバムを観るような眼差しで源田を見た。

「そうね、思い出したわ。子供の頃から流木とかビーチガラスとか、漂流してきたボトルとか、いろいろ集めてたものね」

お袋も、小学生の僕ちゃんに話しかけるような口調になっていた。

「はい、僕の大切なコレクションです」

「そうそう、それはもう宝物のように大切にしていたわね。真九郎がひとつでも壊したりすると、一日中泣き通しだったわ」

「それは大袈裟ですよ」

「あら、本当のことよ、覚えてない？　あのコレクションは今でも持っているの？」

「はい、ちゃんと保管してあります」

それを聞くや否や井嵜さんが、

「そうなの？　私、観てみたい！」

と言い、続いて松波も河野も阿部も、観たい、絶対観たい！　と言いだした。新しいグラスをサイドテーブルに並べながら松本さんが、

「源田さんの宝物、いっそのこと、もっとたくさんのお客様に観ていただけばいいんじゃないでしょうか」

と提案すると、親父もすぐにのってきた。

「だったら俺のコレクションが置いてある建物があるから、そこを使いなさい。政春の思うように自由に展示するといい」

どうやら親父は本気のようだった。

親父は昔から、聡明な源田と話すことが好きだった。神戸の西に位置する須磨海岸沿いにあるプール付きの豪邸、いわゆるサマーハウスのうちのひとつが源田の実家で、親同士が幼馴染で息

子同士も同い年ということもあって、僕が子供の頃から週末は家族ぐるみでそこで過ごすことが多かった。夏休みになると、僕はまるで源田家の一員のように連泊し、松本さんも世話係として一緒に泊まるのがお決まりのパターンだった。僕らは一日中海で泳ぎ、砂浜ではふたつの浮き輪を用意した松本さんが四六時中監視していた。

源田家の家政婦さんがテラスにディナーテーブルを用意しはじめる頃、潮風が舞う海には夕陽が滲みわたり、シャンパンを抜く音が聞こえはじめる。シンプルではあるがクオリティーの高い素材をふんだんに使った夕食を両親たちは楽しんでいたが、それは決して特別なことではなく、ありふれた日常のひとコマだった

連泊しているあいだ、僕たちにはもうひとつ特別なお楽しみがあった。それは、松本さんが作ってくれるお昼ご飯だ。今思えば、家政婦さん用のまかない料理だったのだが、いつの間にか僕も源田もそちらを食べるようになっていた。格別においしいかったそうめん。松本さんがその日の気まぐれで作る、面白いアイディア満載の炊き込みご飯。子供心にもこれは圧倒的な美味しさだと思った肉じゃが。海で泳いだあとに、さらにプールで泳ぎ、冷え切ってしまった体を温めてくれたスープの味もオムライスの味も、いまだに忘れることができない。

胃が満たされると安堵を覚え、肉体に絡みつく心地よい疲労から眠気に襲われる。そのタイミングを見計らって、松本さんはプールサイドのリクライニングチェアにサラサラのタオルケットを敷いてくれ、僕たちは泳ぎ疲れた体をそこに沈ませた。

源田の家の家政婦さんは、「私のお昼まで作らせてしまって」としきりに恐縮していたが、「こちらにお世話になってるあいだは、せめてまかないぐらい作らせていただきますね」という松本さんの申し出に、僕たちはいつも歓声をあげたものだった。食事中に大声で笑おうが、ふざけあいながら食べようが、注意する人など誰もいない。松本さんが作ったおかずをみんなでワイワイとつついた記憶は、夏のおやつの定番、もぎたてイチジクや白桃のかき氷とともに、今も大切な思い出の一部となっている。

僕たちの両親は全国的にもそこそこ名前が知られていたらしく、様々な分野で活躍する人たちが来客としてやってきた。そうだ、一度だけ谷村新司が訪ねてきたことがある。親父は彼のことをチンペイと呼び、チンペイさんは楽しそうにギターを弾いて深夜まで歌っていた。浜辺のテラスから移りかわる自然を眺めながら、豊かな時間を分かちあうその様子は、「オシャレ」というより「センスがある」と言った方がいいかもしれない。本物を知っている人たちだった。

テラスのディナーを楽しみながら両親たちは、子供には難しい経済や世界情勢について語り合うこともあったが、一番盛り上がっていたのは映画や音楽、芸術、文学、そして乗馬やヨットについてだった記憶がある。もちろん当時は意識などしていなかったけれど、今振り返ると、彼らの団欒には品格があり、何よりも神戸という街に対する誇りがあったと思う。両親たちにとって食事は単に腹を満たすものではなく、仲間と語りあう大切な時間と場所のことだったのだろう。

確かに「センス」というものがあり、それが、『ハイカラ』だったのかもしれない。

僕と源田が小学校一年生の頃のことだ。その日もふたつの家族が源田家に集まり、サマーハウスのプールサイドでバーベキューを楽しんでいた。僕の親父が源田少年に、ふと尋ねた。

「政春は本当に肉が好きだな。ほかには何が好きなんだ？」

「はい、おじさん。僕は海が好きです！　宝物をいっぱい運んできてくれるから」

そう言って源田少年は、親父の手のひらにいくつかのビーチガラスを載せた。食べ物のことを尋ねたつもりだった親父は、手のひらを突きだしたまま面食らっていた。

「それにしても綺麗だな。全部、ここで見つけたのか？」

「はい、海の波がここまで運んできてくれたんです。あっちから来る波が、ビーチガラスも瓶も流木も全部運んでくるんです」

と西の方を指差した。

「なんで西からの波だってわかるんだ？」

すると自分の答えに自信満々の小学生がよくするように、源田は背筋を伸ばして立ち上がると、きっぱりと答えた。

「突堤のあっち側の砂浜で宝物探しはできるけど、こっち側はなんにもないんです。だから全部あっちから流れてくるんだと思います」

「へー、そいつはすごいことに気が付いたもんだな」

「おじさん、西はあっちでしょ？」

「そうだよ、あっちが西で、こっちが東だ。あっちに岡山、その向こうに広島、そのまた向こうに山口があって、そこが本州の端っこだ。それから、こっちに大阪がある」

「じゃ波は山口から来てるんだね。流木は広島、ビンは岡山からかな」

「まぁ、そうだな。多分、山口と福岡の間の海から波は来てる、ということになるかな……」

「山口と福岡の間の海って、関門海峡のことですか？」

「えっ、政春はそんなことまで知っているのか？」

「はい。こないだフグを食べに行ったお店で、着物のお年寄りがそう言ってました。そうだよね、ママ」

「政春、お年寄りって。あぁ、もうこの子ったら。松迺家の女将のことなのよ」

源田のお母さんはとても優しい人だったけれど、教育熱心で、言葉遣いにも厳しい人だった。しかし僕の両親には大いにうけて、言葉遣いの間違いなど些細なことと笑いあっては源田の頭を撫でまわし、小学一年生とは思えない洞察力に拍手を送った。

当時、東西南北どころか、まだ右と左さえあやふやだった僕にとって、その出来事は衝撃だった。利発そのものの源田の態度と発言に圧倒され、悲しくなったことを覚えている。

その後、彼は京大に入学し、卒業後はハーバード大学の大学院で大気海洋学を学び、今は世界中の海流を調査し海流発電開発に携わっている。少し前はオーストラリアのウッダー島で、その前はカリブ海のパナマで海流を調査していた。そしてイタリア勤務となって五年目の今年、長期休暇を取って一時帰国してきたのだった。

親父にひとしきり瀬戸内海の潮の流れについて解説し終わると、源田少年は海岸で見つけたビーチガラスをテーブルに並べたり、グラスの中に入れて水を注ぎ、キャンドルの光にかざしたりしていた。水がレンズの役目をし、色とりどりのガラスの影がまるで走馬灯のように揺れている。僕はそれを隣の席から眺め、美しさに心がふんわりとするような感覚を味わっていた。小学生の頃から源田のすることは、論理的なうえにどこか芸術的でもあった。彼は砂浜で漂着物を集めることが好きで、奇妙なフォルムの流木や、ボトル、ビーチガラスを拾ってきてはコレクションしていた。

僕は時々、彼のコレクションを触らせてもらった。浜辺の砂に揉まれて角が取れ、白く曇った飴色やラムネ色のガラスの破片を手に取ると、不思議な温もりが伝わってきた。中でもオレンジ色や黒色のガラスの破片を見つけると、「この色のビーチガラスはものすごく珍しくて、見つかる確率は千個に一個なんだ」と源田少年は学者のように解説してくれた。彼にとってガラスの破片は、宝石と同じくらいの価値を持っていたに違いない。ある日、黒いガラスを見つけた彼は大喜びして、

「これは形も綺麗だし、かなりの貴重品だよ」

と僕の手のひらに載せてくれた。

ところが、たまたまその夏、僕の自由研究のテーマが『黒く塗りつぶせ！　なんでも焦がす虫眼鏡』だったのが問題だった。要するに、身近にあるものをなんでも黒く塗りつぶして、虫眼鏡で片っ端から焦がして穴を開けるという、少々デンジャラスな研究内容だったのだ。

源田が黒いビーチガラスを手のひらに載せてくれた瞬間、僕の自由研究はクライマックスを迎え、コンセプトは「焦がす」から「溶かす」へと進化した。理由は単純、前日見たテレビ番組のせいだった。それは琉球ガラスの工房を取材した番組で、とろとろに溶けただいだい色のガラスの美しさに衝撃を受けたのだ。今ここで、あの溶けたガラスを再現したい。小学生の夏休みの宿題レベルをはるかに超えるこの壮大な実験を、先生はどれほど褒めてくれるだろう。虫眼鏡を握る僕の手は興奮で震えた。

実際のところ、虫眼鏡ひとつで何度まで温度を上げられるのかはわからなかったが、ひょっとして千度じゃないか？　そう思ったのも、まんざら根拠がないわけではなかった。「ガラスの窯の温度は千度です」昨日の番組でガラス職人が明言していたことを、僕ははっきりと記憶していたのだ。

それまでも、虫眼鏡ひとつで可能な最高温度を担任の先生に訊き、教頭先生にも両親にも訊いてみたが、誰ひとり正確には答えてくれず、「それはレンズの厚みで違ってくる」とか、「レンズの直径による」とか、どの答えも僕を満足させることはできなかった。しかし、紙は四百五十度、木は四百七十度で発火するということは図書室で突き止めていた。確かに、週末に両親がよく連れていってくれるピザ屋『ピノッキオ』の石窯の温度もそれくらいだった。ピザ職人が薪を入れるとじわじわと燃えはじめ、窯の上の温度計にはいつも四百八十五度と表示されていた。ならば、太陽の光を一点に集め、一瞬でガラスさえも溶かしてしまう温度はピザ窯の約二倍、千度に違いない。そう推論すると、僕の意識はガラスがとろりと溶ける瞬間を目撃することに集中した。期待と興奮で胸が高鳴りはじめ、手が震えて焦点がなかなか合わない。ちらりと源田の様子を確認すると、何も知らず無邪気に砂浜を駆けまわっている。チャンスだ！　溶ろけるガラスがもうすぐ目の前に！　僕はガラスの上に虫眼鏡をかざした。

――バチッ！

小さなガラスの破片から信じられないほど大きな音がして、黒いガラスは真っ二つに割れてしまった。その音は源田の耳にも届いたらしく、すぐさまこちらに走ってきて、そのままの勢いで砂にひざまずいた。そして、何が起こったのかを理解するなり、割れたガラスをひとかけらずつ手に持って、うなだれて泣きだした。その夜、親父にこっぴどく叱られた僕は、気まずくて、それから一週間ほど源田の家に行けなかった。

「ところで帰国して、これからどうするつもりだ？　神戸に戻るのか？」

空になったグラスにワインを注ぎながら、親父が源田に訊いた。

「はい、そうします。膨大な資料を整理して、まずは実家で論文を書かなきゃ。詳しいことはまだはっきりしていませんが、いずれにしてもこれからは日本で暮らしますよ」

そう源田が答えると、

「いろんなとこから、すごいオファーが来てるんですよ」

まるで自分のことを自慢するように阿部が言った。

「さすがだな。政春は子供の頃からよく勉強してたからな」

「今の時点ではトヨタとソニー、それから国立海流研究所からオファーをいただいています。幸いなことに、世界第六位の領海を保有する日本ですから、結構仕事は多いんです。日本の大きな海に眠る巨大なエネルギーを有効活用すれば、日本が、いや、世界がもっともっと豊かになりますよ」

「そうなのね。将来有望で頼もしいわ」

お袋も嬉しそうだ。

「神戸の大震災の時、みんなが大変な思いをしているのに、自分はイタリアでのうのうと暮らしてました。被災した故郷のために何もできなかった。あの時決心したんです、将来は日本のために働こうって」

「だから、帰国することに決めたのね」

長嶋さんが言った。

「そう。実は東京電力からもオファーがあってね。福島の原発周辺の海底調査なんだけど、これは大きな仕事なんだ。かなりの時間を要するから、もし依頼を受けた場合は、将来は福島に住むことになるかもしれない」

「そうなんだ……」

井嵜さんが呟いた。

「福島か！　それはいいね。東北にはいい食材がいっぱいあるし」

僕がそう言うと、阿部も話題に乗ってきた。

「東北か。そういえば、上場したＩＴ企業の『楽天』って知ってる？　これからどんどん成長して、巨大な企業に化けていくらしいよ」

「ＩＴ企業ってなんだ？」

親父が訊くと、

「簡単に言うとインターネット通信の会社ということになります。その楽天が将来、野球チームを作る計画を立ててるらしいんですよ」

と阿部が答えた。

「そうか、時代は変わっていくんだな。インターネットの会社が球団を持つなんて俺の世代では想像もできなかったよ。時代っていうのは変わっていくもんなんだな」

そう言うと、親父は少し寂し気に視線を落とした。

ディナーのあと、僕らはテラスに上がった。源田と井嵜さんが並んで話している向こうには、神戸の夜景がひろがっている。月を半分隠した雲から雨の匂いがした。「素晴らしいセンスだね、そのエレガントブルーはアルマーニにしか出せない色だよ」と甘い声で源田が井嵜さんにささやいている。同じ台詞でも、僕が言うのとイタリア帰りの源田が言うのとでは価値が違う。夜空を流れる涼風を身にまとい、知的なエレガントさを漂わせる彼女の美しさに改めて魅了されたのは、僕だけではなかったようだ。もう何年も美しいヨーロッパの女性に慣れ親しんでいるはずの源田は、そのあともずっと井嵜さんと話し込んでいた。

夏がじきに終わろうとしていた。

4章　ル・コルビュジエ

ついに二十一世紀がはじまった。子供の頃ワクワクしながら想像していた夢の二十一世紀を、とうとう迎えてしまったのだ。僕は、時代の転換期に立つ者の覚悟を持って除夜の鐘を聞いた。が、案外すんなりと秒針は進み続けるもので、何の抵抗もなく二十世紀が終わり、拍子抜けする思いでおせちをつついたことを思い出す。

その直後から小泉内閣による聖域なき改革がはじまり、春先には大阪にユニバーサル・スタジオ・ジャパンが開園した。映画界では宮崎駿監督の『千と千尋の神隠し』が公開されて歴代興行収入トップの三百四億円を記録し、さらに秋には千葉にも大型遊園地がグランドオープンした。新時代の幕開けは順風満帆と思われた。

しかし、本当の新たな時代の幕開けは九月十一日だった。倒壊した巨大なビルが灰となり雲となってマンハッタンを包み込むあの衝撃的な映像が、世界を変えてしまったのだ。跡形もなく倒壊したのは、建築家ミノル・ヤマサキがつくった近代建築を代表する建造物、ワールドトレードセンターだった。世界的な建築家もテロリストの前では歯が立たないことを思い知らされた僕は、底知れぬ絶望感と恐怖に打ちのめされた。

震災から四年後の一九九九年、平成十一年にスタマプロジェクトがスタートしてから二年、世の中は想像以上に進化していった。源田が言っていた通り、あれほど便利だと思っていたファックスは職場から姿を消して、Eメールが当たり前となった。日本社会のグローバル化も進む一方で、生活のあらゆる場面でインターネットが必要不可欠になったのも、彼の予想通りだった。

そんな変化の多い日々の中、アダプティブユースの仕事を通して、自分も少しは成長できたんじゃないかと思う。けれど、仕事が上手くいかない時や才能の限界を感じた時……いや、そうじゃない、ここは正直に言うべきだ。自分の限界に直面して仕事が滞ってしまった時、決まって根本的な疑問が頭をもたげてくるのだった。真九郎、なんで建築の仕事なんてやってんだ？　建築なんてとっととやめて、どうして料理で勝負をしないんだ？

踏ん切りが付かない原因は、おそらく自分の性格にある。『好きこそものの上手なれ』というけれど、大好きなものは職業にしてはいけない、最近僕はそんなふうに考えるようになっていた。好きであればあるほど、自分の中だけに大切にとどめておきたいのだ。仮に、サッカーワールドカップの優勝候補は？　と訊かれたとしても、僕は敢えて二番目か三番目を答えるし、コンサートへ行って楽屋に招待されても、一番好きなミュージシャンなら絶対に行かない。好きな本を訊かれても座右の書は誰にも教えない。今までで最も感動した映画は？　と尋ねられたら、最近観た映画を適当に答える。そうだ、去年完成した新香川県庁舎落成式の食事会も、僕はドタキャンしてしまったんだ。

「お前にすごいサプライズを用意しているから一緒に来てくれ。その代わり、先生に詳しく料理の解説をしてくれよな。お前は建築界一のグルメなんだから、俺の顔を立ててほしいんだ」

いつもお世話になっている先輩からの依頼だったから、僕はすぐに承知して瀬戸大橋を渡った。けれど、橋の真ん中辺りで、新香川県庁舎を作ったのは自分が最も尊敬する建築家だったことを知って、橋を渡りきると同時にＵターンして神戸に戻ってきてしまった。どう考えても、丹下健三と一緒に食事をするなんてできるはずがない。

もちろん、一番好きな女優さんの私生活を暴露するバラエティー番組は、絶対観ないようにしている。大好物は最後に食べる派だし、お気に入りの靴は頻繁には履かない。これは決して冗談なんかじゃなく本心だ。いつの間にか、僕の心は歪んでしまった。

そして、極論が許されるなら、人間は誰しも一番好きな人とは結婚できないんじゃないか、と思っている。なぜなら――今でもアケミさんと見たあの夜の月を忘れられないのだ。あんなに綺麗な月を、僕はもう一生見ることはないだろう。

だからと言って、建築の仕事に手を抜いたことは一度たりともなかった。はじめこそ自分の力量に不安を感じていた僕も、鹿柴建設の矢崎部長、部下で現場監督の奈良さん、スタマの敏腕担当者の小山さんという優秀な仲間に恵まれ、スターマップ初のアダプティブユース・プロジェクトに全力で挑むことができていた。

プロジェクトがはじまって最初の半年は、全ての部材の記録を取りながら、建物全体の構造を徹底的に調べ上げた。その上で、奈良さんが中心となって、最先端のコンピューターを駆使した完成までの綿密なシミュレーションを、幾度となく繰り返した。

古い建物の解体には究極の職人技が不可欠で、新築するよりはるかに困難であることを痛感させられる日々だった。けれど、さすがは矢崎部長が全幅の信頼を置く解体職人たちだ。いざ作業がはじまると、シミュレーション結果をもとに彼らは入念に打ち合わせをし、必ずお互いに何度も手順を確認しあってから仕事に取りかかる。全ての作業に対し、慎重の上にも慎重を期していた。毎日が、神戸の人々の記憶の底に眠る分厚い歴史書のページを、ほんの少しの音さえ立てることなくそっとめくっていくような際どい場面の連続だったが、いったん仕事をはじめると、彼らは一切無駄な動きをすることなく、まるで完璧にリハーサルを済ませたオーケストラの演奏のように、小さなミスひとつしなかったことは驚異的としか言いようがなかった。

そんな神経がすり減る作業の中でも一番の山場だったのは、柱梁を解体する行程だった。

「言うまでもありませんが、柱梁の解体は、どの建物の解体作業においても心臓です。一応大型クレーンを二台用意しましたが、最後は職人の技が頼みですので、今回も、慎重、丁寧、かつスピーディーに、どうぞよろしくお願いします」

例によってパリッとしたスーツ姿にヘルメットと長靴、首からタイマーをぶら下げた矢崎部長は、朝礼をしている奈良さんの横に立ってそう言った。さらに、

「孫子いわく、善く戦うものは、勝ちやすきに勝つものなり。入念な下準備こそ勝利への王道です」

と矢崎部長が付けくわえた。気心が知れた仲なのか、職人たちから軽く笑い声があがった。

「出たで、矢崎部長の『孫子いわく』が」

と、小山さんが小声で僕に呟いたけれど、こっちは解体の山場に臨む緊張で笑うどころではなかった。

全ての準備は万端だった。ところが、いざ壁材をはがして剝きだしにしてみると、亀裂の入った大黒柱のダメージは想像以上で、ほんの少しの不注意が取り返しのつかない事態を招くことは明らかだった。ことの深刻さにその場にいた全員が青くなった。

まずクレーンを使って大黒柱から屋根を外し、それから梁を外していく。大黒柱の亀裂がこれ以上ひろがらないよう可能な限り振動を抑え、少しずつ梁を持ち上げていく。見守る僕たちは押し黙り、息もできないほどの緊迫感に包まれていたけれど、小山さんだけは、

「なんや、スパイ映画に出てくる時限爆弾の解除みたいやな。はじめは青い線を！　次に黄色い線を切断せよ！　間違っても赤い線を切るなよ、爆発するからな！　みたいな感じで」

と呟きながら、腕を組み背筋を伸ばして見入っていた。

解体を進めると同時に、取り外した全てのパーツを網羅したリストを作成し、各パーツごとにナンバーを振っていく作業も進めていた。コンピューター上のシミュレーションでは、最終ナンバーは百二十八万五千二百四十八番。この膨大な数のパーツを丁寧に梱包し、状態に気を付けながら保存したのち、少しずつトラックで運んでは移築先で元の状態に組み立て直す。この一連の流れに沿って、自分の仕事を粛々と進めなければならないとわかってはいたけれど、先の長さを思うと倒れてしまいそうなことも一度や二度ではなかった。


手に汗握った柱梁の解体のほかに、実はもうひとつ、困難を極めた作業があった。僕個人としては、こちらの方が数段手ごわく、全工程の中で最も苦労したと言ってもいい。それは、この建物の目玉でもあるテラスの解体だった。

というのも、テラスの南側全体を覆う窓に使われていたガラスは、大量生産の板ガラスではなく、職人が一枚一枚手作りしたものだったのだ。窓ガラス一枚のサイズは、ほぼA4サイズ。詳しい調査の結果、それらのガラスは全て、十八世紀にヴェネツィアのムラノ島で宙吹き技法によって生産されたものと判明した。

僕はその報告を聞いて、はじめてテラスに足を踏み入れた時、雷に打たれたような衝撃を受けた理由が理解できた気がした。あの瞬間を思い出すたびに鳥肌が立つ。言葉を失うほど強烈でありながら、反射する光には薄いベールをまとったような柔らかさがあり、木洩れ陽の温もりさえ感じられて心がとろけてしまいそうだった。大量生産された現代のガラスでは、こんなノスタルジックな光は到底演出できない。

ただ、今となっては入手困難な貴重品であることは言うまでもない。窓ガラスについての詳細がわかると、全スタッフのあいだに緊張が走った。

「十分注意してくださいよ。割ってしまったら、もう二度と同じものは手に入りませんから」

そう矢崎部長はしつこいほど繰り返したが、経験豊富な職人たちでさえ、アンティークのヴェネツィアンガラスを扱ったことのあるものは、誰ひとりとしていない。全部で三千二百枚という膨大さに加え、扱い慣れないがゆえの特別な緊張を強いられては、自ずと作業のペースが落ちるのは明らかだった。

「とにかく人手が必要らしい。でも、誰にでも任せられるような仕事じゃないからな」

頭を抱えた吉川さんのその言葉を聞くと、僕は早速ガラスの取り外し作業に参加させてほしいと願いでて許可をもらった。

翌日、作業着に身を包み、現場に着くとテラスに直行した。そして、すでに仕事をはじめていた職人さんたちにまじって作業に取りかかった。

まず指先に意識を集中させ、劣化が進んだ木製の枠に支えられているガラスの表面に触れてみた。すると、不思議と人間的な温もりを感じた。ガラス越しに眺める北野の街は微妙に歪んでいて、その潤んだような景色には、なんとも言えない情緒と風情があり、以前両親と訪れたヴェネツィアの運河に映る街並みが思い起こされた。表面をそっと撫でると、なだらかな凹凸が感じられ、所々に気泡が入っていることで、本当に手作りなんだということがわかる。伝統的な技法を用いて職人たちがいかに丁寧な仕事をしたかが、指先を通し時空を超えて伝わってきた。

心地よい緊張感の中、作業はテンポよく進み、

「これでちょうど百枚目でーす」

若い職人のひとりが爽やかな声でそう言った。

その時だった。

ガチャンッ！

この世で最も聞きたくなかったあの音が、現場にいた全員の鼓膜に突き刺さった。

即座に音がした方を振り向くと、このテラス特有の慈悲さえ感じさせる光が、凍りついたように固まってピクリとも動かない五人の職人を温かく包みこんでいた。

「――ごめんなさい」

言うまでもなく、その職人はプロ中のプロだったし、こんなことは滅多にないと頭ではわかっていたけれど、それでも、百パーセントミスを防ぐことは難しいのか――。さっき鼓膜に刺さっ

た鋭い音が、頭の中でリフレインをはじめる。まるでそれが、不穏なことのはじまりを告げるプレリュード（前奏曲）のように思えてきた。

夕方、市役所に戻った僕は、すぐに吉川さんに言った。

「あの、テラスのガラスを外す作業ですけど……、僕に一任してもらえませんか。つまり、全部自分の手で外したいんです！」

職人さんたちを信じていないわけではなかった。むしろ彼らに任せた方が、はるかに確実であることは十分わかっていたけれど、このガラスの扱いに関してだけは、自分の責任においてやらなければならないという強烈な思いに突き動かされた。それは、はじめてテラスに足を踏み入れた時、この世のものと思えないほどのまばゆい光を浴びて芽生えた、狂気にも似た思いだった。

吉川さんは呆れたように、

「何言ってんだよ、いったい何枚あると思ってんだ？　三千二百枚だぞ。ひとりでできる枚数じゃないだろ」

と、デスクの横に立っている僕の顔を見上げた。

「わかってます。それはよくわかってますけど、あのガラスだけは、どうしても自分の手で外したいんです」

僕は繰り返し懇願した。吉川さんははじめ、どうして僕がそんな無茶なことを言いだしたのかさっぱり理解できないという顔をしていたけれど、僕が珍しく譲ろうとしないのを見て、

「わかった。そこまで言うならお前に任せるけど、それなりの覚悟でやれよ。わかってんだろうな、市役所側の人間が二枚目を割るのは許されないからな！」

と言うと、「明日から、真九郎は当分現場に出勤ってわけか」と呟き、「上に言っとくわ」と、書類を持って席を立っていった。

翌日から、ひたすら窓ガラスを外す日々がはじまった。まるでロマネコンティのエチケットを剝がすような慎重さで一枚また一枚と外していったが、これほど神経がすり切れたことは、後にも先にもなかったと思う。

取り外したガラスの中には、ふちにわずかな亀裂が見られるものも多かった。もしかしたら、これが問題になるかもしれないという不安はあったけれど、窓枠にはさめば隠れてしまうし、まあ大丈夫だろうと、たかをくくっていた。

ところが、ようやく全てのガラスを外し終えた一週間後、精密な検査を依頼していた調査機関から、とんでもない報告が上がってきた。窓ガラス三千二百枚のうち、二千枚近くが耐震基準を満たしていないと言うのだ。電話で対応している吉川さんの表情を見た時、僕は悪い予感が的中したことを悟った。

結果を聞くや否や、思い付く限りの工場やメーカーに、片っ端から問い合わせてみたけれど、アンティークのヴェネツィアンガラスをリメイクすることは、まず不可能だろうという返事ばかり。これは絶望的だった。となると、全てのガラスを市販のもので統一するよりほかにない。さすがに僕は、目の前が真っ暗になってしまった。あの衝撃的なまでの光を演出することも、この上なく柔らかで、まばゆさに満ちあふれた空間を再現することも、全ては夢に終わる。クビをかけてまで、三千二百枚のガラスをたったひとりで取り外したことも無駄だったのか……。

「お前がガラスにこだわる気持ちはよくわかるし、俺だって残念だ。だが、諦めが肝心な時もある。ほかの部分で、お前の実力を発揮しろってことかもしれないぞ」

吉川さんは、そう言って慰めてくれたけれど、万策尽きた僕は返す言葉もなく、言いようのない絶望感に囚われたまま、時間だけが過ぎていった。


その日も、鹿柴建設の矢崎部長と奈良さん、スタマの小山さん、そして僕の四人は、市役所の会議室に集まっていた。解体作業の進行状況と今後の流れの確認が終わると、僕は三人に、テラスのガラスが再利用できないことを報告した。

「そうですか、それならしかたありません。じゃ、ほかのもので代用ということで」

矢崎部長はあっさりそう言うと、持っていたボールペンを胸ポケットにしまい手帳を閉じた。

「でも、あの魅力的なガラスを使えないのは、もったいないですね。素晴らしい建材なのに」

奈良さんは、設計図を巻いて筒におさめながらそう言った。残念そうな表情だった。

その表情が目に入った途端、どうにも抑えがたい感情が僕の中に湧き上がってきた。椅子から立ち上がると、僕は三人に思いのたけを訴えた。

「テラスの再建は、ヴェネツィアンガラスでやらなきゃ意味ないんです！　大量生産のガラスじゃ、全然だめなんですよ！　だから、絶対割らないように神経をすり減らして全部のガラスを取り外してきたのに。それなのに、今になって諦めろだなんて……」

言っているうちに、情けなさと悔しさがますます込み上げてきた。すると、小山さんがこんなことを言いだした。

「真九郎、諦めるんはまだ早いかもしれへんで。俺、こないだNHKの取材でガラスのメッカ、ヴェネツィアに行ったんやけど、その時お世話になった工房の職人なら、その窓ガラスできるんちゃうかな」

「え、本当ですか！」

思わず大きな声で叫んでしまった。急転直下、まさに起死回生のひと言だった。

ところで、矢崎部長が帰り支度の手を止め、呆れたように言った。

「は？　もしかして、あれだけの枚数をヴェネツィアに発注するつもりですか？」

「うん、たぶんイケると思いますわ。真九郎、お前も一緒にヴェネツィアに飛ぶで」

矢崎部長はまじまじと小山さんの顔を見つめ、腕時計で時間を確認してからもう一度椅子に腰を下ろした。そして、さっき胸ポケットにしまった三色ボールペンを再び取りだして、しばらくカチカチとせわしなくペン先を出し入れさせたあと、はぁ、とため息をついてこう言った。

「こんなこと、いまさら言わなくてもわかってると思いますが、予算というものがありますよね。与えられた予算内にきっちり収めることは、我々の義務なんですよ。ヴェネツィアに発注なんてしたら、完全に予算オーバーだってことぐらい、すぐにわかるでしょ？　ロマンを追求するのも結構ですけど、結局は、現実を無視した理想主義にすぎないんじゃないですか？　孫子いわく、算多きは勝ち、算少なきは勝たず。当然でしょ？」

「なら、その『算多き』を取ってきたらえええっちゅうことですよね」

「『算』は予算じゃなくて、よい条件のことです！　理想ばかりを優先するのは禁物だと言いたいんです!!」

苛立ちをつのらせた矢崎部長は、ペン先をさらに激しくカチカチと出し入れした。カチカチ、カチカチ、カチカチ――さっきからその耳障りな音が僕の神経を刺激し続け、すでにイライラは臨界点直前にまで達していた。そして、

「奈良君！　私は次の現場もあるんだから、君がちゃんとけりをつけてくれないと困るんだよ！」

という矢崎部長のひと言で、とうとう爆発してしまった。

「ロマンを追求することの何が悪いんですか!!　ヴェネツィアンにしか生みだすことができない感動があるんです。職人の魂がこもった手作りのガラスだからこそ、あれほどの優しい光が生みだせるんですよ。僕はそこに感動したから、今まで全力を傾けてやってきたんです。震災で傷付

いた人たちを、あの光で包んであげたい――テラスの光は、希望の光なんです！　神戸の人たちに少しでも希望を届けるってことが、このプロジェクトの本来の目的じゃないんですか！」

突然の僕の剣幕に、矢崎部長は一瞬あっけにとられていた。けれど、すぐに冷静な表情に戻り、おもむろに口を開くとこう言った。

「申し訳ないですが、それは公務員的発想だと思いますね。企業はお役所と違って、利益が全てです。ロマンだ感動だと言う前に、利益が上がるかどうか。これが全てなんです。それに、建てた側の責任というものもあります。建物の安全に対する責任は、全て我々建設会社が背負うんですよ。あなたは責任を取れる立場じゃないでしょ？　そもそもアンティークガラスがリメイクできたところで、耐震基準を満たすんですか？」

ここでいったん言葉を切ると、「二級ったって、建築士のはしくれなら、それぐらいわかるだろ」と、誰に言うでもなく呟いた。その口調ににじむ微かな蔑みの色が、僕を極限まで追いこんだ。

「企業は勝てる勝負しかしません」

彼はボールペンを僕の鼻先にまで突き付け、さらに、

「なぜなら孫子いわく」

「も、もう――いい加減にしてくださいっ!!」

そう叫ぶと僕は、目の前のボールペンを震える手で引ったくり、思いっきり床に投げつけた。

「あっ……！」奈良さんが息を呑んで固まった。

コトリとも音のしない数十秒のあと、矢崎部長はくるりと背を向けると何事もなかったように、けれど意図的にボールペンを踏みつけてドアの方に歩みを進め、無言で部屋を出ていった。はじかれたように、奈良さんが彼の背中を追いかけた。

やってしまった……。後悔がないわけではなかったけれど、いったん爆発した感情は容易には鎮まらなかった。そのまま荒々しく資料を片付けていると、小山さんが声をかけてきた。

「やっちゃったね」

「……」

「あのカチカチ、たまらんよな」

「もう……、無理っす」

「で、大爆発。まさか、彼の宝物を床に投げつけるとは」

「――やっちゃいました」

「もうクビやな」

「えっ……」

急に膝の力が抜け、僕はへたりこむように椅子に腰かけた。すると、小山さんは僕の背後に回って両手で肩を揉みながら、

「そやけど、俺、冗談やなしにほんまにできる思てんねん。ちょっと上層部にかけあってみるか

ら、二、三日待ってて」

と言うと床のボールペンを拾い上げ、ダーツの的を狙うようなジェスチャーをしてから片隅にあるごみ箱めがけて投げ放ち、会議室を出ていった。


取り返しのつかないことをしてしまった——。

ひとりになった僕は、激しい後悔に襲われた。絶望のあまり、どん底まで引きずりこまれてしまいそうだったけれど、少し気持ちがおさまってくると、脳裏にはやはり、あのまばゆい光が甦ってくる。こんなにも忘れられないのは、自分自身にとっても希望の光だったからだろう。だから、どうしても諦められない。でも——。

矢崎部長にあんな啖呵を切っておきながら、僕はいまさら予算のことが気になりはじめた。「俺、できる思てんねん」と小山さんはこともなげに言ったけれど、本当にそんなことできるのか？　いまひとつ彼の言葉を信じきれなかった。けれど、とにかく、小山さんが紹介してくれたヴェネツィアのガラス工房に問い合わせてみたところ、さすがに名門、下敷きほどの大きさの板ガラスが一枚百二十ユーロ。日本円に換算すると、一枚一万八千円。それが二千枚で、合計三千六百万円だった。この金額を小山さんに報告すると、「よっしゃ！」と返事が返ってきた。いったい何がよっしゃ！　なのか……。ちょっと楽天的過ぎるんじゃないかと、不安になってきた。

それから半月ほど経った日のことだった。僕の中でも徐々に諦めの気持ちがひろがりつつあったその時、小山さんから電話がかかってきた。

「真九郎、予算取れたで！　スタマの社長に直談判したら、なんとかなったわ」

彼のハキハキとした声が電話口で響いた。そして、

「カリフォルニアとやり取りしてたから、ちょっと遅なってしもたけど」

と続けた。――カリフォルニア？

なんと、小山さんはスターマップアメリカ本社の社長に直談判して、決裁をもらってきたのだった。

彼のこの偉業は、早速次のミーティングで報告された。さすがの矢崎部長ももう何も言わず、奈良さんは「いやいや、想像を絶する離れ技としか言いようがありませんよ」と驚きながらも、嬉しそうな表情でしきりに感心していた。これで問題は全て解決、僕と小山さんは、早速ヴェネツィア行きの段取りを相談しはじめた。

ところが、ずっと黙って話を聞いていた矢崎部長が、またもや口をはさんできた。

「まあ、決まったことならそうしますけど、それだけの予算を取ってこられるんなら、本来もっと基礎にお金をかけるべきなんですよ。スポンサーまで付けてガラスに大金投入するって、どうかと思いますけどね」

この期に及んでこの発言、いったい何が不満なのか？　もう訳がわからなかった。彼のひと言で僕たち三人のテンションは一気に下がり、その日のミーティングも気まずい雰囲気で終わった。

「お先に」と短く言うと矢崎部長は席を立って出ていき、僕たちも引き上げようとしたその時、

「あの、真九郎さん、ちょっといいですか」と奈良さんが声をかけてきた。

「さっきは、矢崎部長が失礼なことを言ってすみませんでした。私は真九郎さんのこだわりも理解できます。やっぱり、クオリティーの高いものにしか生みだせないエレガントさがあると思ってるんです。でも実は……」

奈良さんは、言おうかどうしようかと迷う素振りを見せたあと、こう話しはじめた。

「あのぉ、矢崎部長なんですが……実を言うとヴェネツィアンガラスには、辛い記憶があるんです。真九郎さんは元町のコマダ珈琲店知ってますか？　震災で大きな被害を受けた老舗喫茶です。当時神戸大学の学生だった矢崎部長の息子さんが、あそこでバイトをしてたらしいんですけど、震災の朝、早番で入ってて、運悪く落ちてきたシャンデリアに直撃されて亡くなってしまったんです。そのシャンデリアがヴェネツィアンガラスで……。矢崎部長に悪気はないんです。ただ、ヴェネツィアンガラスにこだわるっていうのが、どうしても受け入れられないんだと思います。だから、あんな口調になってしまって――」

それからほどなくして、僕は小山さんとヴェネツィアに飛んだ。そこで目の当たりにした職人

たちの技は、僕の想像をはるかに超えていた。千二百年もの伝統を背負った職人たちが高度な技で築き上げた匠の世界は、目にするもの全てが驚異的だった。

そのガラスのプロフェッショナルたちに、僕と小山さんは、事前にある要望を伝えていた。それは、耐震耐熱のガラスを作ってほしいというものだった。難しい注文ではあったけれど職人たちは全力で応えてくれ、帰国前日には、数枚のサンプルがホテルに届けられた。梱包を解いて一枚取りだし、両手で顔の高さに掲げてみた。目の前に、手作りのガラス特有の涙ぐんだような景色がひろがった。

次に矢崎部長に会ったのは、解体作業の進む現場だった。もちろん、僕の手にはあのガラスのサンプルがある。矢崎部長は僕の手元にチラと視線を走らせると、「わざわざヴェネツィアまで、お疲れ様でした」とだけ言って、こちらにくるりと背を向け職人たちの方に行こうとした。

「矢崎さん、ちょっと待ってください。見てほしいものがあるんです！」

咄嗟に引きとめ彼の前に回りこむと、僕は矢崎部長と正面から向きあった。そして、ガラスを一枚両手で胸の高さまで持ち上げて、そのまま手を離した。

ガチャーンッ！

耳をつんざくような音が響きわたった。

けれど、コンクリートの床に角から落下したにもかかわらずヒビが入ることもなく、ガラスはカチャカチャとリズミカルな音をたてて小刻みにバウンドを繰り返しながら、やがて床に横たわった。

矢崎さんは、足元のガラスを恐る恐る拾い上げた。そして日にかざし、隅から隅まで念入りに点検し終わると、「びくともしてない」と呟いて、唇の片端をやんわりとつり上げた。

それからガラスを掲げた両手を下ろして、こちらに真っすぐ向き直ると、矢崎部長は僕にひとつ大きく頷いて見せた。その晴れやかな表情が、「お前、やりやがったな」と言っているような気がして僕は胸を張り、それから彼にゆっくりと頭を下げた。


翌年の一月十七日の未明、矢崎部長の発案で、僕たちは市役所からほど近い公園に集まった。四人の手には灯りがともされたろうそくがあり、その光を見つめながら、慰霊碑の前で祈りを捧げた。

「北野異人館アダプティブユース・プロジェクト、必ず成功させましょう」

矢崎部長が静かに言った。誰も言葉を発することはなかったけれど、みんなが同じ気持ちであることは痛いほど伝わってきた。

慰霊碑の向こうには、見覚えのある街灯があった。僕はふと、その下でギターをかき鳴らして歌っていた人のことを思い出した。手の中のろうそくの灯が、あの夜のふたりを暖めた暖炉の炎に重なった。彼女の面影を、僕は今も探していた。

それから約一年、プロジェクトは順調に進んでいった。ところが、困難続きだった解体作業もほぼ終わり、あとは移築開始を待つばかりという段階になって、またもや大問題が発生した。今度こそ僕は本当に頭を抱えてしまった。というのも、

「移築先の土地の利用可能面積が半分になったから、設計を根本的に見直してくれ」

と、上層部が言ってきたのだ。

その日は朝から移築予定地に出向き、これから理想の建築がかたちになっていく土地を万感の思いで眺めていた。テラスのガラス問題も無事クリアし、完成に向けてますます拍車がかかってきたその時、吉川さんからの電話で設計変更を知らされショックで携帯を落としそうになった。

そもそもこのプロジェクトに与えられた土地の道路側の長さは二十四メートル、奥行き三十メートル、七百二十平米の敷地だった。そして移築する建物の大きさは南北に十二メートル、東西に十八メートル、建築面積二百十六平米。敷地には十分な余裕があった。だから北東の角によせて建てれば、東に玄関、南には庭と最適な配置ができるはずだった。

しかし、予想外のことは起こるもので、突然地主が亡くなってしまい、その結果、ふたりの息子それぞれがこの土地を半分ずつ相続することになったらしい。道路に面した方の半分を相続した長男は、スターマップが継続してその土地を使用することを許可したけれど、奥の土地を相続した次男は使用を承諾せず、今まで通りの設計では、土地に建物が納まらなくなってしまったというのだ。

「で、苦肉の策として、建物を九十度回転させることになったって、さっき上から連絡があったんだ。庭は全くなくなるが、そうすればギリギリ入るらしい」

電話越しに吉川さんはそう説明したが、ということはテラスを東向きにするということか？　そんなことをしたら、あれほど苦労して調達したヴェネツィアンガラスが演出する、午後から夕方にかけての圧倒的な光が全く届かないじゃないか……！

加えて、玄関をテラスの下に移動させろという指示が追い打ちをかけた。お客が東側の道路からすぐ店舗に入れるようにということらしいが、そうしてしまうと、東側の一階部分は二階のテラスの重みに耐えられず、結局、テラスの面積を半分にして軽くするしかない。しかも、こともあろうに残すのは北よりの半分にしろと言ってきた。プロジェクトのスタート以来、再現に全精力を注いできた理想の空間は、ここにきて完全に骨抜きにされてしまった。

いっそのこと、このプロジェクトから身を引いて辞職しようか。絶望のあまりそう思いつめる僕を、矢崎部長も奈良さんも小山さんも必死で説得してくれたし、友人たちも何度も話を聞いてくれた。けれど、あの魂を震わせる光のテラスの再現が叶わないプロジェクトに意味を見いだすことはできず、気持ちは冷めていく一方だった。

ところが、今にも消えそうになっていた僕の情熱が、あることをきっかけに再び息を吹き返した。そのきっかけとは、松本さんのひと言だった。

吉川さんからの電話を切ったあと、絶望を抱えて移築予定地を離れ、坂の上から街を見下ろしてみた。向こうに市役所の高いビルが見える。そのままあてもなく歩く速度で北野坂を下る僕の横を、ハロウィンの仮装をした子供たちが、綿菓子やベビーカステラを手に嬉しそうに通り過ぎていった。生田神社の角を曲がったあたりから道は平坦になり、市役所まで並木通りが続いている。湿っぽい匂いが混じる落葉を踏みしめると涙が滲んできた。楓の葉を揺らす浜風は無情そのもの。晩秋とはいえ頬を刺すほど冷たく、信号に引っかかった僕のズボンの裾を乱暴に揺らしては去っていった。通行人とすれ違うたびに、木枯らしで舞い上がった埃が入ったふりをして目をこすった。

市役所に戻るなり僕はデスクに突っ伏した。吉川さんが、偉人や哲学者もしくは相田みつをあたりが残した名言を、自分流にアレンジして励ましてくれたような気がするが、正直あまり覚えていない。唯一耳に残ったのは、『人間の最大の罪は不機嫌である』。恐らくゲーテの格言だ。そして、いつもの「しらんけど」をくっ付けて、そそくさと自分のデスクに戻っていった。

何かよい手立てはないのか。このまま黙って設計変更を受け入れたら、一生後悔するに違いない。だから、吉川さんからの電話を切るとすぐに上層部に直接電話をかけ、設計変更を取り消してくれるよう食い下がった。いや、食い下がるよりほかに方法がなかった。今までの苦労が水の泡になろうとしているのに、簡単に「はい」と言えるわけがなかった。

午後からの現場説明には、神戸空港プロジェクトで多忙な先輩たちも時間を割いて同行してくれた。けれど、集まった関係者からしばらく話を聞くと、道路の向こう側から何枚か写真を撮っただけで、早々に空港に戻る用意をはじめた。

「真九郎、こればっかりは仕方がないよ」

と僕の肩を軽く叩き、

「建設中止になったわけじゃないんだから、そんなに落ち込むことないだろう。お前はこれから市役所に戻って、さっきの話を吉川さんにちゃんと報告しておけよ」

と言い残して持ち場に戻っていった。その背中を僕は黙って見送った。

北野のど真ん中にあるこの空き地は、世界初のアダプティブユースによるスターマップが建つ約束の地だ。それは僕の建築家人生において、夢のようでありながらただの夢ではなく、まぼろしのようでありながらも、まさに現実そのものだった。が結局、まぼろしに逆戻りしてしまうのか。それとも妥協して夢に似た現実に満足すべきか……。

設計変更の知らせを聞いて現場に駆けつけてくれた矢崎部長は、うつむいて首を左右に振りずっと無言のままだった。奈良さんも無念な表情を浮かべさっきから携帯電話で話をしている。いや、厳密には話しているふりをしている。携帯を逆さまに握っているんだから、どうしようもない。小山さんが黙って僕の前に突っ立っているのさえ、ある種の優しさに思えたから、僕の脱力感は相当なものだったに違いない。

日増しに落ち込んでいく様子を見かねた友人たちは、

「そろそろ潮時かもしれないな。踏ん切りをつけて、料理人になるのもいいんじゃないか」とアドバイスしてくれることもあった。親父とお袋も、

「今まで精一杯やってきたんだから、自分が納得できる道を選べばいい」

と見守ってくれた。僕の気持ちは揺れていた。

そんな中、松本さんだけはこう言い続けたのだ。

「今諦めてしまったら、真九朗さん、きっと後悔すると思うわ」


結論を出せないまま、ずるずると過ごしていたある休日の朝、お袋に頼まれて近くのベーカリーに買い物に行った時のことだった。焼き立てのパンと特製のジャムを手にレジに並んでいると、近所の顔見知りのマダムに声をかけられた。お袋の友人でもあり、子供の頃から僕のことをよく知っている彼女は「あら、久し振りね。お元気？」と言うと、こちらの手元にふと目をとめると、

「ああ、美味しそうなジャム。ジャムの瓶を見ると、いつも震災の時のことを思い出してしまうわ」

と呟いた。ジャムと震災。このふたつがつながらず、僕は曖昧に頷きながら彼女の話を聞いていた。

「震災が起こってまだ間がない頃にね、松本さんがジャムを作ってわざわざうちに持って来てく

だったの」

そういえば、そんなこともあったな――。記憶が徐々に巻き戻っていった。確か松本さんは、地震で半壊した果物屋からありったけの果物を買い取ってきては、カセットコンロでコトコトと煮てジャムにしたり、薄くスライスしてはテラスにひろげドライフルーツにしていた。あの頃、家中に漂っていた甘い香りが鼻の奥に甦ってきた。

「頂いたジャムをちょっとお味見してみたら、あんまりにも美味しくて。まだガスも水道も復旧してない頃だったけど、私、震災以来はじめて、ちゃんとした朝ごはんを準備しようって思ったの。地震に遭ってから、とってもそんな気になれずにいたんだけれど……。お湯を沸かしてコーヒー豆を挽いて、少しだけ残っていたドイツパンに松本さんのジャムをたっぷり塗っていただいたら、ああ、いつもの朝だって……。本当に、涙が出るほど嬉しかった」

マダムの目は潤んでいた。

「大好きな神戸の街が崩れ去ってしまって、何もかもが変わってしまった。震災の前と後とでは、まるで違う時間が流れているみたいだった。でも、以前のような朝ごはんをいただいたら、なんて言うのかしら……、やっと震災までの時間と今がつながったような気がしたの。ようやく日常を取り戻せそうな気がしたって言うか……。震災以来はじめて明るい気持ちになれたこと、今でもよく覚えてるわ。松本さんのジャムのお陰ね」

そこまで話すとマダムはにっこりと微笑み、「じゃあ、松本さんによろしくね」と店を出ていった。

意外だった。もともと松本さんは、ものを無駄にするのが大嫌いな人だから、その時も、こんな非常時にももったいない精神を発揮してるとしか思わなかったのだ。けれど、今のマダムの話は彼女の別の姿を教えてくれた。

もちろん、いつものもったいない精神もあっただろう。でもそれだけではなく、もしかしたら松本さんは、一瞬にして失われてしまった日常を取り戻そうとしていたのかもしれない。そして、自分の周りの傷ついた人たちが、少しでも日常を感じて安心できるように心を砕いていたんじゃないか。そういえば、テラスに並べられたフルーツを松本さんと眺めながら「綺麗ねえ」と微笑んでいたお袋の表情からは、震災以降、色濃く漂っていた不安の影が消えていた。

その時、体中を電流が走った。頭の中で突然回路がつながったようだった。そして次の瞬間、はじめて異人館を訪れた時に垣間見たドイツ人家族の幻影が、まざまざと甦ってきた。震災に遭い朽ちていこうとしていたあの異人館の中には、彼らの日常の記憶が今なお残っていた……。

あのテラスの光が再現できないのなら、これ以上続ける意味などないと思っていたけれど——。

北野異人館アダプティブユース・プロジェクトの本当の目的は、これだったのかもしれない。僕たちが時間と労力を費やしやってきたことは、建物を再生することで希望を生みだし、さらには、途切れて失われてしまったかつての日常を今に甦らせること。これこそが、自分たちに与えられた真のミッションだったんじゃないのか。

あの日、テラスのまばゆい光に衝撃を受けた僕を貫いた直感が、圧倒的なリアリティーをともなって迫ってきた。「建築界に残された自分だけの使命」とは、このことだったのか――！

自分の周りを取り巻いていた濃い霧が、一気に晴れていくようだった。と同時に、さっきまで僕を支配していた重苦しい絶望は消え、冬を経て春に芽吹く草のように、プロジェクトへの情熱が再び燃えはじめた。

結局、僕は思いとどまった。そして計画変更を受け入れ、最後まで任務を全うすることを決意した。あれほど苦労して準備したテラスの面積は半分となり、しかも東を向くことになってしまったけれど、それでも全力を尽くす。もう迷いはなかった。


そんな僕の様子に、松本さんはほっとした表情を見せた。

「真九郎さんが、また元気になってよかったわ」

「ありがとう、ようやくアダプティブユースの真髄が見えた気がしてね」

「あら、真髄って何かしら？」

「いや、突然いろんなことが頭の中でつながって……」

僕が話しはじめると、松本さんは洗い物の手を止め、ひとしきり耳を傾けてくれた。そして「そう、それは本当によかったわ」ともう一度言うと、

「今の話もよかったんですけれど、私にはもっと嬉しいことがあるんです」

と微笑んだ。

「何？　もっと嬉しいことって？」

「そうねえ」

少し考えるような素振りを見せてから、こう話しはじめた。

「真九郎さんは子供の頃から素直だから、旦那様や奥様のおっしゃることをよく聞くでしょ。もちろん、それはいいことです。いいことなんですが、自分の意志をしっかり持って生きることも大切だって、私、ずっと思っていたんです。真九郎さんが市役所を辞めたいって言いだした時も、計画通りにいかないから辞めるっていうんじゃ、きっと後悔するって思っていたの。だって、それって結局、自分の意志で辞めるんじゃないんですもの」

確かに、無理やり設計変更させられたせいだ。

「でも、今は違うわ。誰かにさせられてるんじゃなくて、真九郎さん自身の意志でやろうとしてる。私はそれが一番嬉しいんです」

松本さんは僕の目を見て頷いた。

言う通りだ。今まで自分は、人の意見に頼る傾向があったと思う。市役所職員になったのも親父の勧めだし、いつもかばってくれるお袋の意見さえ、たびたび逃げ道にしてきた。子供の頃から何か上手くいかないことがあると、「真九郎を私立の学校に通わせていれば、今頃は……」という台詞に逃げ込んで、自分のせいじゃない、と現実逃避してきた。そんな僕のことを、松本さんは密かに心配し続けてくれていたのだ。そして、この歳になってはじめて自分の意志で行動しようとしている僕に、暖かいエールを送ってくれている。

改めて、彼女の存在と思いやりが嬉しかった。


二〇〇一年十一月、異人館の解体作業がついに終了した。つまり丸二年をかけて一軒の異人館を解体したことになる。このプロジェクトの大まかな段取りは、次のようになっていた。

一年目一九九九年に構造の下調べや解体準備。二年目二〇〇〇年に実質的な解体作業。三年目の今年二〇〇一年には全パーツをアーカイブしつつ、問題点の洗いだしと修復。それと同時進行で、移築先の基礎工事やそのほかの作業を進める。そして来年二〇〇二年秋から、いよいよ移築開始。準備は整いつつあった。

頭の中には常に、一九〇七年建設当時のオリジナルの設計図が入っていた。それをイメージしながら、バラバラに解体された全部材に番号を振り、正確に寸法を計測して撮影し、それぞれの強度を調査した。瓦、天井板、床のタイル、レンガ……、一軒の家を建築材料にまで解体するとその数は膨大になったが、僕はそれぞれの番号と保管場所をほぼ完璧に暗記した。

港近くの土地の一部を市が借り受けて、テニスコート一面を覆いつくすことができるほどの巨大なテントを設営し、そこを仮設の倉庫として、何枚も重ねたシートの上に全てのパーツを敷き詰めていった。視界の端から端まで規則的に並べられた建築材料を、椅子に腰かけて眺める時の気分は、まさに圧巻だった。テントの片隅には、小さなキッチン付きの仮オフィスがあり、僕は時間を捻出しては、そこに入り浸った。

こうして眺めていると、大学生の頃イタリアを旅した際に訪れた『古材バンク』を思い出す。そこには十七世紀から十八世紀当時のレンガや瓦、材木が、それぞれの時代ごとにきちんと保管されていた。さらに、修復をする建築家たちはそこから必要な資材を購入するというシステムになっていることを知って、驚き憧れたものだ。そして、今自分が携わっている仕事が、あの時感動した事柄に少なからず関連しているという事実に、改めて深い充実感と達成感を覚えていた。

アーカイブ作業は順調に進み、再び秋が巡ってきた。

風に乗って倉庫に舞い込んできた赤トンボが、重力など存在しないかのようにふわふわと飛んでいる。そして、僕の足元に長々と横たわる、ヒビの入った大黒柱の先端にそっと着陸して、そのままじっとしていた。つかまえる気などこれっぽっちもなかったけれど、僕は子供の頃の記憶に動かされ、そっとトンボに近付くと、ふたつの大きな目の前で指でゆっくりと円を描いた。

ぐるぐると四、五回円を描くと、トンボは決まって羽ばたいた。そして、面白いくらいまた大黒柱の同じ位置に戻ってくる。それを飽きもせず繰り返しているうちに、トンボはよたよたとした飛行をはじめ、酔っぱらったような軌跡を描くと、ついに僕の指先に着地した。まるで終電で居眠りをする人が首をカックンカックンとさせるように、トンボの首もすわらない。人差し指の先端に起こった小さな奇跡に驚きながら、僕は吹きだしそうになるのを必死で堪えた。トンボは相変わらず指先に、六本の足でしっかりと摑まっていた。

するると、心配してやって来たのだろうか、もう一匹トンボが現れて、僕の目の前を水平に横切っていった。全く音がしなかった。もしも蚊がこれだけの至近距離を通過したら、ぶーん、ぶーんと不快な羽音を立てるのに——。トンボの無音飛行が、やけに不思議に思えた。

やがて、僕の指先で休んでいたトンボはふわっと上昇し、自由を求めるようにテントの中を往き来すると、一世紀以上も前に作られた何百万個もの建築材料の上を大きく旋回しはじめた。幕末も空襲も高度経済成長期も、ハイカラの時代もバブル期も震災も、全てのみこんだ神戸の歴史の上を、トンボはいつまでも飛びまわっている。僕は自分の視点をトンボに重ね、変わりゆく神戸の街並みや歴史を、上空から見守っているような気持ちを味わった。

二〇〇二年、秋の日の夕方、ついに全部材のアーカイブと修復が終わった。去年の秋の解体終了から一年をかけ、必要な部分は手厚く補強し、交換すべき部材は、オリジナルの素材感に最も近いものを世界各国に問い合わせて集めた。

そして、その作業の終了は、移築準備が完全に整ったことを意味していた。移築場所である北野の土地の基礎工事も整い、いよいよ来週から着工だ。最終段階に向けて僕の気持ちは高まっていた。久し振りに集まったプロジェクトのメンバーたちも、みんな同じ思いだった。

公園の慰霊碑に四人で祈りを捧げて以来、僕たちは時間を見つけてはこの仮設オフィスに集まって、夜がふけるまで四人で語りあうことも珍しくなかった。北野異人館アダプティブユース・プロジェクトのクライマックスを目前にして、約束もしていないのに面子が揃った今夜も、そうなる雰囲気が濃厚だった。

一日の仕事の疲れを解放するように、上着を脱いでネクタイをゆるめ、各自持ちだしたパイプ椅子に腰かけて雑談をしていると、小山さんがふとこう言った。

「長いようやったけど、ここまであっという間やった気もするね」

「プロジェクトの立ち上げが一九九八年の十二月で、今はもう二〇〇二年ですか。決して短くない時間ですよね」

奈良さんが答えると、

「無事にここまで来られたのは、みなさんのお陰です」

と矢崎部長が頭を下げた。「こちらこそ」小山さんも僕も頭を下げた。それから顔をあげ、小山さんはみんなを見まわすと、

「今思うと、やっぱり解体作業は難所続きやったね」

と、しみじみと言った。三人全員が頷いた。

「特に今回の現場は、職人のみなさんの仕事ぶりがさすがでしたね」

奈良さんがそう言う通り、ベテラン職人をはじめ各分野のエキスパートが、持てる知恵と技の全てを結集した現場だった。常に細心の注意を払いながらも、肩凝りをほぐしていくマッサージ師のように繊細で巧みな手さばきで、着々と解体を進めていく様子を息を呑んで見つめたことを、僕は思い出した。それはまるで、巨大でかつ精巧な歯車が、限りなく正確な時を刻んでいる様を見るようだった。そしてついに、つるりとした空き地が現れた時は、その場にしゃがみこんでしまいたいほどの安堵を感じたものだった。

「テラスのガラスの一件も、忘れられへんな」

僕の方を見て、小山さんがにやにやしながら言った。

「いやあ、矢崎さん、あの時は本当にすみませんでした。ついカッとなっちゃって」

「そんな、そんな。あの件は私にとっても、いろんな意味で忘れられない出来事でしたよ」

矢崎部長は、照れ隠しでもするように僕の膝を乱暴にさすった。

「膨大な数のアンティークガラスをリメイクするなんて、最初は荒唐無稽な絵空事としか思えませんでしたけど、おふたりは実現させてしまったんですからね。心底驚きました。それに、長年仕事を続けているうちに、いつの間にか、自分の常識の範疇でしか考えられなくなっていたことを、思い知らされた一件でもありました」

矢崎部長の横で奈良さんも頷いている。そして、

「実は……今だから言えることなんですけど、ガラスのクオリティーやテラスの向きに、真九郎さんが徹底的にこだわりぬく姿を、羨ましく思うことも多かったんです。自分のこだわりをあくまで押し通すなんて、組織の中にいると絶対にできないことですから」

と、少し恥ずかしそうな笑顔を僕に向けた。「確かに、そうだよな」腕組みをして聞いていた矢崎部長も、何度も首を縦に振っていた。奈良さんはさらに続けた。

「真九郎さんが、プロジェクトからおりて市役所も辞めるって言いだしたことがあったじゃないですか。あの時も、同じようなことを感じたんです。そりゃあ最初はびっくりしたし、あまりに無責任だって思いましたけど、独立して自分の道を進むいい機会かもしれないからって真九郎さんから聞いた時は、正直やられた！　って思いました」

「なんだ、やられたって。奈良君もそんなこと考えてたのか？」

上司にそう突っ込まれると、奈良さんは頭をかきながら「いやあ……」と口ごもり、

「時々考えることがあったんです。このまま企業の一社員として生きていくか、それとも、独立して自分の設計事務所を作るかって。そんなの夢物語に過ぎないと言われれば、そうなんですけど、もしかしたら、自分にもできるかもしれないって。だから、真九郎さんの気持ちには、結構共鳴する部分もあったんです」

「そうか。まあ、私は上司だから積極的に勧めるわけにはいかないが、独立してもきっとやっていけるんじゃないか。奈良君は経験も知識も豊富だし、何よりバランス感覚があるからな」

矢崎部長はそう言うと、今度は僕の方を向いた。

「真九郎君と奈良君がタッグを組んで、理想の建築を実現させるのを、見てみたい気もしますね」

「真九郎、責任重大やな。ますます頑張らなあかんで」

小山さんは、すかさず僕の背中を叩いてそう言うと、

「小矢野真九郎こだわりのレストランが完成したら、俺がプロデュースするで！」

と、早くも張り切ってみせた。

僕たちは、仕事を通して偶然出会った四人だった。それぞれにタイプが違い、時にぶつかることもあったけれど、今は労苦をともにした大切な仲間として、充実感を分かちあっている。四人で奮闘した日々を振り返り、こうして全員で笑いあえることが天からのギフトに思えるほど、僕の心は満ち足りていた。


オフィスの前で車が止まる音がした。こんな時間に誰だろうとドアを開けると、外は少しばかり風が吹いていて、晩秋の澄んだ夜空には美しい三日月がかかっていた。

「出前です」

と、調理服の男性が車から降りてきた。

「え？　出前なんて頼んでないですよ」

「吉川さんという方から、電話でご注文いただきましたけど」

届けられたのは、解体作業の完了と移築の開始を祝う、吉川さんからの差し入れだった。しかも、神戸随一の『うえだ』の鮨だ。「どうぞ」と手渡された特大の桶にはびっしりと握り鮨が並び、キラリと輝く包丁のあとが新鮮さを物語っている。ネタの種類も、見たことがないほどバラエティーに富んでいた。

このサプライズには全員が歓声をあげた。酢飯の甘酸っぱい香りが鼻の先に触れる。こうなるともう耐えられず、早速つまもうと四方から手が伸びた。とここで、小山さんは片手の小さなジェスチャーでみんなを立ち上がらせ、厳かに言った。

「鮨は、石鹸でよく手を洗ってから食べるもんや」

僕たちは、オフィスの片隅の小さな台所の流しの前に順序よく並んで、丁寧に手を洗った。各自ペーパータオルでしっかり手を拭いて準備を整えると、改めて、デスクの真ん中に置かれた特大の鮨桶を覗きこんだ。

「うまそう！」

「これが噂の『うえだ』かぁ」

「吉川さん、粋なことするなぁ」

そう口々に言いあいながら、僕たちは小山さんの音頭で手を合わせ、「いただきます」と声を揃えた。こんな時は、なぜかいつも小山さんが仕切ることになる。

そして、それぞれお目当ての一貫目に手を伸ばすと、四人中三人が大トロだった。早くもはじまった争奪戦に互いが目線を交わし、薄く微笑みあって口に含んだ。

「んん……、うまいっ！　実は僕、もし解体作業が無事故で終了したら、自分へのご褒美に『うえだ』に行こうと思ってたんです。まだ行ったことがなかったから」

すっかりテンションの上がった奈良さんが言った。

「うまい、本当にうまい。私も『うえだ』の鮨ははじめてなんです。これで長年の夢が叶いました」

目をつむって大トロを味わいながら、矢崎部長も感激している。すると急に、

「うんっ!?」

小山さんが、断定とも問いかけともつかない声を発して、周りの空気をぴたりと静止させた。そして、

「『あなたが本当にそう信じることは、常に起こります。そして、信念がそれを起こさせるのです』by　フランク・ロイド・ライト」

と呟いてから、我ながらすごいことを言ってやったとばかりに胸を張り、

「これは大トロやな」

と、大トロをもうひとつつまみ上げて、パクリと食べた。

「なんですか、いきなり。まぁ、確かにフランク・ロイド・ライトじゃ、大トロでも仕方ありま

せんね」

そう言って矢崎部長が二貫目をつまもうとすると、その手を小山さんがぴしゃりと叩いた。

「痛！　何するんですか」

「矢崎部長も何かひとつ、言うてください」

「ええっ、今日はそういうルールですか⁉」

僕も奈良さんも、二貫目を食べたい気持ちをひとまず抑え、小山さんと矢崎部長のやりとりを笑いながら見守った。

「じゃあ、いいの言ったら、もうひとつ大トロ食べさせてくださいよ。残り少なくなってるんですから……」

という矢崎部長の切実な訴えを聞き終わらないうちに、パンッと両手を叩いて小山さんが言った。

「『より少ないことは、より豊かなこと』by ミース・ファン・デル・ローエ」

ぴったりなこと言うたやろ、と言いたげな表情をしたあと、小山さんは自分の言葉に酔いしれてめまいを感じていることを周囲にアピールしつつ、またひとつ、大トロをつまんで頬張った。鮨桶から大トロがどんどん消えていく。「ああ……」と矢崎部長がため息をついた。

「今日は面倒くさい鮨会になりそうですね」

奈良さんはそう茶々をいれながらも手をあげ、

「フランクがきてミースとくれれば、三大巨匠のもうひとりル・コルビュジエで勝負だな。では――『住宅は住むための機械である』」

と言った。かなり自信を持って発言したようなのに、小山さんは「まぁまぁやな」と、奈良さんの小皿にかんぴょう巻きを置いた。

「今のはかんぴょう巻きで充分やで。俺はル・コルビュジエのことは尊敬してるけどな」

「そんな……」

がっくりと肩を落とした奈良さんは、寂しくかんぴょう巻きを頬張った。建築界の神的存在ル・コルビュジエで勝負に出たのだから、もう少しいいネタを食べさせてあげたらよさそうなものを……。僕は慈悲を請うように小山さんに視線を送ってみたけれど、

「あかん。まぁまぁなもんは、まぁまぁなんや。最高ではない」

きっぱりと断られてしまった。彼のさじ加減は微妙なのである。冗談だとわかっていても、僕たちは毎回この声に緊張感を覚える。

すると、矢崎部長が今度こそはと咳払いをし、

「『三次元の曲面を使えば使うほど、最後やっぱり職人の手になる』by 伊東豊雄」

と言った。小山さんは間髪入れず、

「わぁ! これは素晴らしいね。今回の解体作業を上手く表現しているから、大トロクラス!」

と、一貫つまんで矢崎部長の小皿に置いた。ところが、ネタのピンク色がわずかに赤に近いこ

とに気が付いた矢崎部長は、

「これ、中トロですよ。そっちの大トロと交換してくださいよ」

と、桶にひとつだけ残っている白っぽいピンクの一貫を指差した。小山さんは彼の指摘に関知することもなく、降臨する神を見つめる神父のような表情で「来たで、また来たで！」と呟くと、

「『色彩は差異の象徴である』by　原広司」

と続け、躊躇なく最後の一貫の大トロに手を伸ばして、さらりと口に流し込み目を閉じた。

「この鮨はうまいし、原広司は最高の建築家や」

満足げにそう言う小山さんに反論することもできず、矢崎部長は「しょうがないなあ」と苦笑しながら中トロを頬張った。

「じゃ、これはどうですか？『常にきっかけとなる瞬間がある』by　レンゾ・ピアノ」

頃合いを見計らい、僕も思い切って言ってみた。その途端、みんなが、「おぉ！」と低い感嘆の声をあげた。

「いいっ！　今のはええわぁ。真九郎、アワビいってちょうだい！」

僕は早速手を伸ばし、アワビをつまんで口に入れた。その途端、なんとも言えない滑らかな舌触りと、蒸しアワビ特有の上品な旨みがひろがった。

「最高に柔らかくて美味しいです！　この蒸しアワビ！」

感激して小山さんのチョイスに感謝したのに、彼は僕の声など耳に入らない様子で、今度は大

きく両手を広げ、「アテンション・プリーズ」とみんなの注目を集めた。また何か閃いたらしい。

蛇口から水が流れだすように、小山さんの口からは、いくらでも名言があふれた。しかも、どの名言も歴代の超有名建築家のものばかり。おまけに、ちゃんと前の人の発言を受けたものを反射的に選んでくるのが驚異的だった。彼の知識の豊富さと、それをアウトプットする瞬発力は尋常ではない。小山さんの頭の中には、建築家や建築の歴史についての膨大な引き出しがあるに違いない。

小山さんは、今度はキャビアの軍艦に手を伸ばした。すると矢崎部長が、「ずるいなぁ、僕もキャビア食べたいんだから、次のはよく聞いていてくださいよ」と念を押し、

「『形態は機能に従う』by ルイス・サリヴァン」

と言った。

「それは素晴らしい！」

小山さんが即座に叫んだ。今ひとつツボがわからないけれど、かなり響いたらしい。さらに、

「一八〇〇年代にあのオーディトリアム・ビルを作ってまうやなんて、ルイスは天才やね。僕、大好きやねんルイスの建築が。せやから大サービス！」

と言うと、満面の笑みを浮かべ、矢崎部長の小皿にキャビアの軍艦を、次々と三貫置いた。

「いやいやいや、キャビアなんて高級食材は、ちょっとだけ食べるから美味しいんですよ。一貫でいいですよ、一貫で」

と、慌てて二貫戻そうとすると、

「一回触ったものは戻したらあかん！」

と言われ、仕方なく矢崎部長は僕と奈良さんに一貫ずつお裾分けしてくれた。いただきもののキャビアの軍艦を味わっていると、次の格言を閃いた。バウハウス創立者の有名な建築家、ヴァルター・グロピウスの格言中の格言だ。けれど、肝心の部分が出てこない。『人の心とは……のようなものだ。開いた時に最も機能する』。……のところを、僕がなんとか思い出そうとしているうちに、

「『美しきもののみ機能的である』by　丹下健三」

と、奈良さんが先に口を開いた。僕も奈良さんも、小山さんの判断基準を体得しはじめていたので、奈良さんは判定を待つことなく、「これなら間違いないでしょう？」と大好物の鰻をつまんで口に入れた。

「うん、それはええなぁ。好きやなぁ」

小山さんは嬉しそうに微笑んでいる。

鰻のタレの甘い匂いに誘われて、「次も鰻でお願いします」と宣言してから、僕は再び手を挙げ、

「『建築はもっと小さく、柔らかく、人により添う存在になってゆく』by　隈研吾」

と言ってみた。

「あぁ、もう、鰻でも穴子でもなんぼでも食べて。僕も隈さん大好きやねん。『制約に負けることから、独創が生まれる』とか、『建築家という職業の定義を変換したいと思いながら仕事をしています』とか、隈さんの格言は彼の建築みたいに、ほんまかっこええよな」

小山さんはそう言うと鰻に手を伸ばし、

「俺、ふたつ言うてもおたからなぁ」

と、鰻二貫を自分でちゃっかり食べてしまった。彼の振る舞いはいつも、大勢の子分を引き連れてあぜ道を駆けまわるガキ大将のようだった。相手に有無を言わさぬ説得力があるけれど、決してそれは力ずくというわけではなく、自分から彼に従いたくなる不思議な魅力があるのだ。それは今日も存分に発揮され、僕たちはすっかり彼の世界に浸っていた。

コツをつかんだ奈良さんが「これも、間違いないと思います」と前置きをして、

「『サグラダ・ファミリアの工事はゆっくり進むんだ。私のクライエントは別に急いでいないからね』by　ガウディ」

と言った。けれど小山さんは首を横に振り、無情にも「はい、シメサバ！」と言いきった。

「えっ、なんでですか⁉　一番安いやつじゃないですか！」

「そんな都合のええ話は、あかん！」

「えー、ルールがわかんないですよ！」

必死で懇願する奈良さんをよそに、小山さんは彼の小皿にシメサバをガツンと置いた。それを

見た矢崎部長が、「じゃこれも微妙でしょうか……」と恐る恐る口を開いた。

「『便利だけが建築の目標ではない』」

するとと小山さんは、

「おおっ、いよいよ来たな！　その大御所の格言。もうひとついってみよう！」

と勢いよく言い、矢崎部長がすかさず答えた。

「『人が嫌がる部分がない建築はつくらない』by 安藤忠雄」

全員の視線が小山さんに集まった。

「ブーッ！　建設会社の部長であるあなたが、それを言っちゃダメ！　はい、河童巻き！」

「え？　わかりませんよ！　今日の小山さんのさじ加減、全然わかりませんよ！」

矢崎部長の抗議にも、

「大御所の名前を出したらええっちゅうもんやないからなぁ」

小山さんは平気な顔だった。最後に残った鰻は自分のものと思いこんでいた、矢崎部長の情けない表情が面白くてたまらず、僕たちは三人とも、腹を抱えて笑った。

澄み切った夜空にかかる三日月の下、長い間異人館を支え続けていた建築材料がバラバラになって横たわり、ドアノブから大黒柱まで、大小様々な部材が、まるで建設当初からの歴史を刻むように整然と列を成している。その最後尾で僕たちは、ともに過ごした濃密な日々を思い、極上の鮨を頬張りながら、一瞬を永遠と錯覚してしまいそうなこの夜を馬鹿騒ぎして過ごした。そして、ここに来ることはもうないだろう、いや、このテント自体、間もなく片付けられてしまうんだと思うと、かりそめのこの空間が、昔からずっとここにあったような気がして愛しかった。

いよいよ、来週から移築がはじまる。

僕たちは完成に向かって、着実に歩みを進めていた。

5章　ムーンライト

「おはよう」

「おはようございます」

「親父は？」

「奥様とお出かけになりました」

　ふたりで贔屓のギャラリーでも覗きに行っているのだろう。こっちは、とりたてて予定のない日曜の朝だった。カウンターのハイチェアーに腰かけると、松本さんは僕にコーヒーを淹れ、それからまた仕事を続けた。冷蔵庫の中を整理しているらしく、いつものようにひとつひとつ中身を手に取っては賞味期限を確認し、期限が迫っているものを手前から順に並べているのだろう。

「お昼ご飯どうする？」

「どうしましょうか、源田さんもいらしてることですし」

後ろを振り向くと、ダイニングテーブルの真ん中でパソコンに向かっている源田がいた。

「あ、来てたのか」

と声をかけると、彼は視線を画面に向けたまま「おはよう」と言って、コーヒーをひと口飲んだ。

最近源田は論文の執筆に忙しいが、息抜きがてらうちにやって来ては食事もここで済ませ、リビングやテラス、時には僕の部屋を自由自在に渡り歩いてパソコンに向かっていた。そんな彼の姿は、松本さんにとって珍しいものではない。僕たちが中学、高校生の頃は、ほぼ毎日こんな感じだったからだ。お腹をすかせふたりしてキッチンに行くと、松本さんはいつもおやつを作ってくれた。そして、手を動かしながら自分の子供の頃の話をしてくれたものだ。


松本さんは小豆島出身で、ふたり姉妹の長女。貧しかったけれど、とても幸せな家庭に生まれたとよく言っていた。けれど小学四年生の時に母親を癌で亡くし、その後、義理の母親から虐待を受けて、中学卒業と同時にひとりで神戸に出てきたらしい。「そこからは人様に言えないような経験もしてきました」と自分で豪語しているくらいだから、それなりの道を歩んできたんだろうと、思春期の僕らは想像を膨らませたものだった。神戸に来て数年後に僕の親父と出会ったらしいが、どういう因果関係でそうなったのかは全く想像もつかない。そこのところは今も謎のままで、尋ねてみても、親父も松本さんもそしてお袋も「友達の紹介」としか答えないので、僕もそれ以上訊いてはいけないのだと悟っていた。

家政婦として我が家に来たのは十八歳の時で、僕が小学四年生の春のことだった。それからずっと我が家で真面目に働いてくれている。

親父は松本さんを定時制高校にも通わせた。当時育ち盛りだった僕は、とにかくお腹がすいてたまらず、夜食を探しに深夜のキッチンを覗きにいくといつも電気がついていて、松本さんがエプロン姿のまま勉強していた。勉強が苦痛だった自分とは対照的に、まるで楽しんでいるかのように生き生きと勉強していたことが印象に残っている。「優秀なので、なんとか国立大学に進学させてあげられませんか」と校長先生が親父に頼みにきたこともあったくらい、立派な成績を修めていた。僕の中学卒業祝いと松本さんの高校卒業祝いを同時やったこともよく覚えている。

警察から電話がかかってきたのは、僕が高校一年生の冬休み、家族全員で夕食をとろうとしていた時だった。受話器を取ったのは僕だった。

「松本千恵さんはいらっしゃいますか？」

あの時の警察官の重々しい声を、忘れることはできない。

「松本さん、電話。警察から」

と言った途端、両親は目を合わせ顔色を変えた。受話器を受けとろうとこちらに向かって一歩踏みだした松本さんを、親父はすぐに制した。そしてまず自分が警察と話をし、それから松本さんに代わった。結構な長電話だったと思う。親父も松本さんも、こちらに背を向けて低い声で話していた。

翌朝、松本さんは帰郷した。妹さんが自殺したようだった。親父は葬儀に参列すると言ったが彼女は強く断り、三日後にはまた我が家に戻ってきて通常通りに働きはじめた。はた目には、表情も何もかもいたって普通だった。

それから数日後のことだ。毎年恒例の忘年会とクリスマスを組みあわせたパーティーを、我が家で開いていた。キャンドルをたくさん灯してディナーを楽しみ、みんなでデザートのクリスマスケーキを食べながら、窓の外に降り積もる雪を眺めていた時だった。突然松本さんが泣きだした。はじめは黙ってぽろぽろと涙をこぼしていただけだったけれど、

「……妹が死んだのに、それなのに私、悲しくなかった。心が壊れちゃったのかな」

そう絞り出すように言うと、そのまま床に泣き崩れ、やがて身を震わせながら、気でもふれたのではないかと思うほど泣きじゃくった。次々にあふれ出る涙と鼻水で顔も髪もびしょ濡れになった。お袋は彼女の側に膝をつき、化粧が乱れるのも構わず頬ずりしながら抱きしめた。まるで母親が駄々をこねる子供にするように、何も言わず頭を肩を背中を痛いほどにさすり続けた。自分はと言えば流れる涙を拭いもせず、ただただケーキを頬張り続けた。目の前の松本さんの姿がどうしようもなく悲しくて、気が狂いそうだったから。

しばらくすると、お袋もさめざめと泣きはじめた。生まれた時からずっと陽の当たる明るい道を歩いてきたお袋が、そんなものとは縁のなかった松本さんを壊れるほど抱きしめたまま泣いて

いた。

松本さんの涙を見たのは、あとにも先にもその時だけだった。今、彼女は楽しそうに日々を過ごしている。そしていつも誰かに感謝し、周りの人からも愛されている。あの時の激しく泣きじゃくる姿が、僕の心に残した傷跡は小さくはないけれど、どこか暖かさも含んでいた。それまで知ることもなかった社会の反面を、その傷跡が教えてくれたような気がする。


松本さんの故郷、小豆島はそうめんの名産地だ。僕と源田にしてくれる松本さんの昔話は、どんな話題であっても最終的にはそうめんにまつわる話になってしまい、話が終わる頃には、あたかもタイマーがセットされていたかのように、僕たちのお腹はグーと鳴った。こんな時、食べたいものは絶対的にそうめんだけなのだ。こうなるともう我慢できず、「そうめんが食べたい、そうめんが食べたい」と、ふたりしてひたすら駄々をこねた。松本さんは、「もうすぐ夕食だっていうのに、困ったものね」と言いながらもそうめんを湯がいてくれ、生姜をおろしネギを刻みながら、いつも同じことを言うのだった。

「でもね、その気持ちよくわかるわ。小さい頃、お父さんは寝る前に私をいつも膝に乗せて『ちびくろサンボ』を読んでくれたの。だけど、読み終わると眠たくなるどころか、たまらなくホットケーキが食べたくなるのよ。お母さんにおねだりすると、しょうがないわねって言いながら台所に立ってね、それからパジャマ姿のまま家族みんなでホットケーキを焼くの」

松本さんが懐かしそうに話すのを聞きながら、僕と源田はそうめんをたらふく食べたものだった。

松本さんのそうめんの美味しさは尋常ではなく、今思い出すだけでもあごがジンジンと痛みだす。僕はたまらず、痛む部分を両手で二、三度揉むように撫でた。振り向くと、長いダイニングテーブルの中央でブツブツと何か呟きながら、源田は相変わらず執筆に没頭していた。

「私のそうめんはね、お店で売ってるやつじゃないのよ。これはね、製麺所で働く島民のまかない用そうめんなの。知っているでしょ、そうめんは屋外で天日干しするって。でもね、製麺所で働く人はお昼ご飯に乾く前のそうめんを食べちゃうの。これが美味しいのよ。私、神戸に来てはじめてお店で買ったそうめんを食べたんだけど、全然違うの。やっぱりそうめんは生じゃないと」

そう言いながら、松本さんは甘めの麺つゆを用意してくれたものだ。僕たちが夢中になってそうめんをすすっている横で、彼女は遠くを見るような眼をして田舎のことを語った。

「小豆島はね、山からも海からもサラサラの風が吹いてくるの。雨が少ないから、そうめんを干すには最高の環境なのね。瀬戸内海に浮かぶ小さな島だけど、四百年以上も前からそうめんを作っているのよ。製麺所、今は百五十件ほどしか残ってないけど、明治時代の最盛期には六百件もあったんですって。島の人たちはいい人ばかりでね、みんなで一緒に工夫したり技術を改良したりして、手作りそうめんの伝統を守り抜いてきたのよ。私のお父さんも製麺所で働いていて、手延べ製麺技能士の資格も持っていたの。お父さんはよく私と妹を仕事場に連れていってくれたんだけど、まるでそうめん作りの芸術家みたいだった。お母さんはいつもね、洗濯したてのいい香りがするエプロンをして家事をしていたわ。私たちが学校から帰ると、三人で岬まで散歩に行ったり川で遊んだり、海に沈む夕日を眺めたり晩ご飯を一緒に作ったり、ずっと一緒に過ごしたわ。そうそう、小豆島にはたくさんのお祭りがあってね、いつも家族四人で浴衣を着て出かけたのよ」

松本さんには、当時の光景が見えているようだった。

お母さんが癌で他界されたあと嫁いできた義理の母親が怖い人で、お父さんのいない時にはまるで人格が変わり、小学六年の頃には虐待がはじまったそうだ。特に妹に対しては厳しく説教を繰り返して暴力を振るい、さらに姉、つまり松本さんのことを嫌いになるように仕向けたそうだ。「妹は洗脳されてしまったんだと思う」と、松本さんが寂しそうに言ったことがある。中学時代は地獄の日々で、卒業式が終わるとその日のうちに船に乗り、鞄ひとつで神戸に渡ってきたらしい。冗談か本気か、「その時の所持金はたったの二千八百円だったのよ」と松本さんは笑った。

神戸港に着いてすぐ『ムーンライト』というスナックの住み込み従業員募集の張り紙を見つけ、そこに転がり込んだそうだが、さすがに詳しい業務内容までは僕らには教えてくれなかった。けれど翌週には夜逃げしたと言うから、それから親父と出会うまでの数年間は過酷な生活を強いられたに違いない。

松本さんがその辺りの話を面白おかしく語ってくれた時には、僕と源田はすでに高校生で、それなりに傷付き、またそれなりに興奮もして、経験値の低い高度な分野に想いを馳せた。また、ネオンまばゆい神戸の夜の世界には、いくつもの複雑な大人の事情が絡みあっているんだろうと想像を膨らませたものだった。僕らは早速その翌日、ハローページとタウンページの二冊の電話帳を僕の部屋に持ち込み、ありとあらゆる角度から『ムーンライト』の検索を試みたのだが、すでに閉店したのか倒産したのか、それとも逮捕されたのか、登録上には存在していなかった。そんなこともあって、僕らにとって八歳年上の松本さんの存在は強烈であり、影の部分も含めて憧れの存在でもあった。そして僕も源田も松本さんのことが大好きだった。

「じゃ、源田もいることだし、やっぱりお昼は生そうめんにしますか！」

そう言うと、松本さんはこちらを振り向くこともなく、そうめんの棚に手を伸ばした。

「でも、まだある？　市販のものでも別にいいよ」

「ちょうど小豆島の友達が送ってくれたところよ」

「じゃ、僕は麺つゆを作ります！」

「あ、あの鰹節を使うんでしょ。グルメの源田さんならきっと喜ぶわ」

「正解！　宗田節」

高知で出会ったこの鰹節は特別だった。いよいよ移築がはじまったアダプティブユース・プロジェクトと並行して、僕は企画調整局未来都市推進課の仕事も抱え、連日多忙を極めていた。先月は土佐清水市役所に招かれて高知県に出張し、『震災復興と新たな都市計画』というタイトルでシンポジウムを開催した。そのあと、いつものように画期的なスタマと新しい食材を探して二日間の食べ歩きを決行し、そこで出会った素晴らしい鰹節、宗田節に衝撃を受けたのだった。ここまで濃厚で力強いコクを生みだせる鰹節は、ほかにはないだろう。市役所の方に生産者を紹介してもらって工場にも足を運んだが、そこで見た昔ながらの製法には感動さえ覚えた。一般的な鰹節と宗田節の決定的違いは原料となる魚だ。宗田節は鰹ではなくメジカという魚からできている。鰹は外洋性だけれどメジカは沿岸性の回遊魚で、鰹より血合いの割合が多い。この血合いが出し汁に強烈な旨みを放つというわけだ。

僕は鰹節の削り器を引き出しから取りだして、カウンターに置いた。我が家で代々使われている白樫の年季の入ったものだ。燻して乾燥させ、ダイアモンドほど硬くなった宗田節の塊を、じょりっ、じょりっと慣れない手つきで削っていった。

「鼓膜にじわじわ染みるその音、音フェチにはたまんないだろうな」

パソコンを閉じて、源田がカウンターまでやってきた。そして、

「これこれ。帰国した時、空港で一番最初に嗅覚に飛び込んでくる匂い」

と言いながら、ひとひらの宗田節をつまみ鼻に近付けた。

「日本の空港に到着すると、まずこの匂いが迎えてくれるよな」

と僕も同意した。

「今時わざわざ鰹節削って麺つゆ作りなんて、相変わらずお前んちは贅沢だよな。まぁ支度する人は大変なんだけど。ねぇ松本さん」

「あら、そんな。でもお気遣いいただいて恐縮です」

松本さんは笑顔のままちょっと首をすくめて見せ、僕はみりん、昆布、煮干し、そして薄口醬油で味を整えた。

「いただきます」

三人で手を合わせて声を揃えた。源田がどんなに説得しても、松本さんは僕たちと同じテーブルで食事をしようとしない。けれど「一緒に食べようよ」という願いをなんとか聞いてくれ、カウンターでハイチェアーに腰かけ一緒に食べてくれた。

「うわーっ、うまい！　やっぱり生そうめんはうまい！」

「だろ？　これだよな、これ」

「松本さんの生そうめんを食べるようになって、普通のそうめんはもう食べられないもん」

すすってはしゃべり、しゃべってはすすりながら、源田は懐かしい味にいたく興奮していた。

「俺、松本さんの生そうめんなら、真冬でも全然いける！」

いつまでも上機嫌な源田に微笑む松本さんも、カウンターで美味しそうにすすっている。その表情があまりにも優しくて、懐かしい味につられて悲しい過去を思い出さないように、と僕は願った。

それにしても、生そうめんはどうしてこんなに美味しいんだろう。この食感は格別だ。子供心に「これほどうまいものはない！」と思ったし、「今までのそうめんの常識を超えた新感覚だよ」とグルメの親父をして言わしめたほどだ。このコシをなんて表現したらいいんだろう。プリプリ？　コリコリ？　とにかくほかにはない食感だから、実際に生そうめんを食べてみるしかない。

生そうめんをたらふく食べたあと、松本さんは熱いほうじ茶を用意してくれた。

「何もかも、あの頃のままだ……」

源田がポツリと呟いた。

「松本さん、ありがとね」

と僕が言うと、

「こちらこそ、ありがとうございます。私の人生を豊かにしてくださって」

と微笑むと流し台に立ち、こちらに背中を向けたままお皿を洗いはじめた。

「ところで、スタマの移築は上手くいってるのか？」

「うん、順調だよ。論文の方は？」

「こいつは手ごわい」

「だろうな。まぁ、たまには息抜きしながらじっくり書き上げてくださいな」

「あぁ、時々お邪魔するけどな」

「僕がいてもいなくても、いつでも来いよ。根詰めてばかりじゃ、いい発想はわかないだろう」

「ありがとう、お言葉に甘えてそうさせてもらうよ。確かに、毎日パソコンに向かってばっかだからなあ。昨日は久し振りに海岸を歩いたんだ。いい息抜きになったよ」

「そうなんだ。ところで収穫は？」

「よくぞ訊いてくれました。昨日は豊作！　ビーチガラスが六個、流木が一本、それから久し振りにボトルを一本」

「それは大収穫だな」

「その通り。ボトルっていっても、ワインみたいなのじゃなくて広口瓶なんだけど、拾ったのは実に五、六年振りだよ」

「で、何か入ってた？」

「うん、封筒がひとつ入ってた。たぶん手紙だと思う」

「だと思うって、読んでないの？」

「だって他人の手紙だろ。勝手に読むのは、なんとなく悪趣味な気がしてね。ボトルメールは全部、蓋を開けずにそのまま保管してあるんだ」

「で、今までに何本ぐらい拾ったの？」

「三十年で十本ぐらい拾ったかなぁ」

「十本か。ビーチガラスの方は？」

「そりゃもう、二千とか三千だと思うよ」

「三千⁉」

「うん」

「お前、そんなに集めてどうするつもり？」

「いや、別にどうするつもりもないんだけど……」

その時、松本さんが鍋を洗う手を止めてこちらを振り返り、こんなことを言いだした。

「このあいだ、お休みをいただいて小豆島に帰郷したんですけど、久し振りに隣の島にもよってみたんです。そしたら島のあちこちにアートがいっぱいあって、もう島全体が美術館みたいになってたんです。港の近くに黒い点々模様の巨大な黄色いカボチャが置いてあったりして……。本当にびっくりしたわ。私にはそれのどこが芸術なのかわからなかったけど、どうやら風変わりなおばあさんが作ったものらしいって、通りがかりの観光客がそう言っていたわ。近くのお屋敷にも、そのおばあさんアーティストが描いた絵がたくさんあって、なんと金魚も富士山も、全部点々で描かれてたのよ」

珍しく松本さんがアートについて語りはじめた。少し奥まった所には蔵があって、その中は薄暗くて床には水が張ってあった。そこにいくつも光が点滅してて、まるで砂浜にチカチカと光るビーチガラスみたいだった。島の反対側には立派な美術館もあって、そこの真っ白な空間には流木を集めて作った作品もあった。と興奮気味に話し、最後にこう言った。

「私それを見て思ったんだけど、源田さん、展覧会なさったらどうかしら？　子供の頃から集めてらっしゃるビーチガラスを並べたり、流木を組み立てたりして。以前旦那様が、俺の美術館を使えばいいっておっしゃってたじゃありませんか。お友達のみなさんも、観たい、観たいっておっしゃってたし」

「源田の展覧会か。それ、いいね！」

松本さんの提案に僕は即賛成した。けれど源田は、

「うーん、展覧会ねえ。考えたこともないけどなあ……」

と渋っていた。お茶のお代わりを淹れながら、松本さんも背中を押した。

「みなさん、喜ばれると思いますよ。だって、ビーチガラス綺麗ですもん」

「やろうよ、展覧会。堅い仕事してる割には源田はセンスいいからさ、絶対うけるよ！」

「そうかなあ……。まあ、今はとにかく論文が最優先。こいつのめどが付いたら考えてみるよ」

そう答えると、

「あー、やっぱり松本さんの淹れたお茶はうまい！」

と二杯目の熱いほうじ茶をすすった。

シャンパングラスを片手に冗談を交えながらスピーチをする源田は、センスのいいスーツを着

こなしていた。その姿は、いかにもヨーロッパ帰りである。数年がかりだった論文もほぼ書き上がり、気持ちが軽くなったらしい。いつもより饒舌になっていた。

「みなさん、今日はお忙しい中ご来場ありがとうございます。先ほど会場に着いたのですが、すでに何点か売却済みになっているのを見て驚きました。『自称アーティスト』と『本物のアーティスト』の違いは、作品を収集してくれている人がいるかいないかの違いです。なので、今日から僕は『本物のアーティスト』というわけです」

会場から笑い声がおこり、センスのない彼の冗談にも観衆は惜しみない拍手を送った。しかし、それも一理ある。源田の言うことが正しいとすると、『自称料理人』の僕が『本物の料理人』になるためには、みんなからお金をちょうだいすればいいってことか？　センスのない冗談にセンスのない返しを思い付いたが、下品さのあまり封印しシャンパンと一緒に飲み込んだ。

閑静な北野の住宅街の中心に凛とした建物がある。コンクリートの硬い質感と、ガラスの透明感が生みだすコントラストが美しいファサード。数年前、親父が安藤忠雄氏に依頼して建ててもらった美術館だ。親父はここに自分の趣味で収集した美術品を展示している。親父に言わせると『倉庫』なのだそうだが、ダヴィンチ、ピカソ、シャガール、岡本太郎、アンディ、バスキア、千住博、アルマン、フンデルトヴァッサー、草間彌生、村上隆など、数々のコレクションが収められていた。

地下一階、地上三階の四層で、内装も実に安藤建築らしく、幾何学的な構成原理に貫かれたデザインになっていた。床にはノグチや細川護熙、ジャコメッティや杉本博司の彫刻が無造作に展示されていた。

地下に続く階段はシンプルな形状だったが、自然光を効果的に取り込む構造になっていて、薄暗さが逆に地下の展覧会への期待を高めていた。階段を降りきると左側に開放的な空間がある。もちろんそこもコンクリート打ちっ放しの無機質なスペースなのだが、そのぶん、朝に夕に変化する光が織りなす表情がくっきりと際立つように計算されていた。今日も春の陽射しの微妙なニュアンスを上手く演出しているこの空間こそ、僕のお気に入りの場所だった。

その奥にある扉を開くと地下展示室がある。そこで源田のはじめての展覧会、『須磨の海岸物語』が行われていた。この展覧会の開催も、どこかで聞いたことがあるようなタイトルも、全て松本さんの発案だった。

会場に一歩入ると、流木を使った大きな作品が目の前に現れ、早くも圧倒された。二、三十本の流木を真っ白に塗装し、ハシゴのように組み立てて壁に立てかけたものだ。六〇年代にロンドンで発表されたヨーコ・オノのインスタレーションを想起させた。

会場の中央には横に長い展示台が設置されていた。卓球台をふたつ並べたほどの大きさの台は白っぽい磨りガラスのボックス状になっていて、内側に照明器具が施されていた。その上に、二千個以上のガラスの破片が整然と並んでいる。もちろんこれが今回の展覧会の目玉となるビーチガラス・コレクションだ。切手の次にコレクターが多いと言われるビーチガラスだが、ここまで長い時間をかけセンスよく集めたものはそんなにはいないだろう。展示台の内部つまり下から放たれる照明は、ひとつひとつのビーチガラスを通過して観る人の目に届く。色とは要するに光のことだ、と僕ははじめて実感させられた。

壁には十点の額装された作品が展示されていて、僕は丁寧に一点一点鑑賞していった。それぞれの額の前には一台の白い直方体の展示台が設けられ、一台に一本ずつ、計十本の傷だらけの瓶やワインやウイスキーのボトルが、スポットライトを浴び劇的に浮かびあがるように展示されていた。願い事やメッセージを封じ込め川や海に流す「ボトルメール」だった。

入り口で手渡された案内によると、昔は「漂流瓶」とか「瓶詰め手紙」とも言ったらしい。海外では「メッセージ・イン・ア・ボトル」と呼ばれていて、同名の曲を有名なロック歌手スティングが歌ったことで知る人も多い、と書かれている。小学生の頃から集めはじめ、メッセージボトルは三十年で十本あまりになったが、源田はそれを開けようとはしなかった。けれど、この展覧会を機に中の手紙をとりだして額装し、ひとつの芸術作品として仕上げていた。海流の専門家の源田いわく、須磨海岸で発見したボトルは、間違いなく福岡県東部、もしくは中四国地方の瀬戸内側から流されてきたものだそうだ。それらの地域であれば、たとえ山間部からであっても川の流れに乗って海にたどり着き、玄界灘からよせる波に運ばれて大阪湾まで到達するらしい。そして大阪湾に入ってまず最初に通過する砂浜が須磨海岸というわけだ。

額装され展示された手紙や写真は、全てボトルに入っていたもので、いつの日か受けとってくれるであろう誰かに託されたメッセージだった。

「ビーチガラスって、こうやって見ると宝石みたいに綺麗ね」

僕の隣で展示台を覗き込む長嶋さんの横顔が、照明にてらされ一層美しく見えた。

「浜辺で拾ってきたものでも、こうして美術館に展示すると不思議とアートに見えるわね」

長嶋さんがそう言うと、源田が笑いながら反論した。

「拾ってきただけじゃないんだよ。肝心なのは、それを色彩にこだわって厳選して、センスよく並べることなんだ」

「あら、本当！　ちょっと離れて観ると、綺麗なグラデーションになってるのがよくわかるわ」

長嶋さんのその言葉に源田は満足そうに頷いた。

源田の希望で、来館者はビーチガラスを直接手に取って一点一点の色や形を楽しむことができた。がやはり、展示そのものをひとつのインスタレーション作品として鑑賞するのも悪くない。二千個にも及ぶ色とりどりのガラスの破片が並ぶ光景は、圧倒的な迫力だった。そして何より美しい。計算しつくされた緻密な構成と磨き抜かれたセンスで、全てのガラスが並べられていることがよくわかった。流れ流れていつかは磨り減り消えゆくはずだったビーチガラスたちの運命が、たったひとつのきっかけによって劇的に展開する。観る側にそんな物語を想起させる作品だった。

「アーティストの方が、三十年以上かけて須磨の海岸で拾い集めたんですって」

「どれも形が様々で本当に素敵」

「それにしても、透明なガラスがこんな磨りガラスみたいになるなんて、どれほど砂に揉まれたんでしょう」

「そりゃあ、何年も何年もだと思うわ」

「私なんて凡人だから、こんなの見つけるとすぐにネックレスにしたくなるけど、やっぱり芸術家は感性が違うわね」

「あら、私もあれとこれを箸置きにしたいって思ってたの。アート作品を観ても庶民感覚が抜けないわ」

　源田と僕の両親の人脈が功を奏したのか、会場には多くの人がひっきりなしに訪れていた。

　別のコーナーに設けられた展示台の上には、卵ほどの大きさのオブジェが並んでいた。接着剤を使って何個ものビーチガラスを立体的に造形したもので、その美しい出来栄えは彫刻作品といっても過言ではなく、源田の芸術的センスの良さが伺えた。それぞれの作品には値段が表記され、すでに半分以上に売却済を表す赤点シールが貼られていた。展示台の側面には、売上は全額を阪神・淡路大震災の被災者支援団体に寄付すると記されていた。

　大勢の人に囲まれて惜しみない賞賛を受ける源田は、終始嬉しそうだったし、とてもリラックスしているように見えた。帰国して、充実した日々を送る彼の心に余裕が生まれたのだろう。そんな幸せそうな親友の姿を見ていると、僕は胸がいっぱいになった。幼馴染の成長を実感できることほど幸せなことはない。永遠に続くと思っていた須磨海岸での夏休みの日々が、僕の脳裏にゆっくりと映しだされては流れていった。もうすぐ論文も書き上がる。彼が成し遂げたことを心から祝福したかったし、源田もまた僕の成功を心から喜んでくれた。

源田の展覧会がはじまる一ヵ月前のことだった。北野異人館アダプティブユース・プロジェクトがようやく終了し、無事オープンしたのだ。五年間、全身全霊で取り組んだプロジェクトが一段落して久し振りにホッとしている僕のもとに、意外な知らせが舞い込んだ。スタマ北野店が、登録有形文化財として指定されたと言うのだ。

突然のことに驚いていると、さらに日本建築学会特別賞まで受賞してしまった。東京帝国ホテルで行われた授賞式には、スタマ関係者、神戸市長をはじめ、吉川さんと三人の先輩たち、そして今回のプロジェクトで労苦をともにした矢崎部長、奈良さん、小山さん、さらに両親と源田、井嵜さんや長嶋さんも駆けつけてくれた。僕としては、テラスの計画変更に自暴自棄になっていた時、再び前を向くきっかけを与えてくれた松本さんを、どうしても授賞式に招待したかったけれど、

「そんな晴れがましい席なんて」

と彼女は頑なに断わった。

「でも、真九郎さんにそんなふうに思っていただいて嬉しいわ。私は神戸からお祝いの気持ちを送りますから、どうぞ、授賞式にはみなさんで行ってらしてください」

松本さんはそう言うと、僕に向かって「本当に、ありがとうございます」と丁寧に頭を下げた。

そんなことを思い出しながら、穏やかな気持ちで展覧会を楽しんでいると、源田が声をかけてきた。

「楽しくて拾い集めただけなんだけどね」

「知ってるよ。額装は自分で？」

「まさか。センスのいい額装屋に頼んだんだ。その額装屋さんがはじめて瓶を開けて、中身に合わせて誂えてくれたんだよ。仕上がった額が届いてから中身を読んだんだけど、恋人同士のロマンチックなのが多いね」

確かに。こっちが恥ずかしくなるような文面のものもある。

「ねえ、こんなプライベートな手紙、公開しちゃっていいの？　写真もあるじゃない」

隣の額を覗き込んでいた井嵜さんがそう言った。その額には、手紙と古ぼけた一枚の写真が並んでいた。

「これ書いた人、困ってるみたい。内容が切実よ」

長嶋さんも、その手紙の文字を目で追いながら言った。

「あぁ、それ？　もう何年も前に書かれたものだし、もういいかなと思ってね。それに誰かを探してるみたいだから、この展覧会が何かのきっかけになるかもしれないし」

「そうね……」

ふたりは手紙と写真、交互に視線を移していた。

「ちょっと、真九郎！」

突然、井嵜さんがこのシチュエーションに不釣り合いなほど大きく鋭い声を出した。驚いて彼女の横に立つと、

「これ……」

と、額の中の古い写真を指差した。指先が少し震えていた。

「ん？」

何を言おうとしているのか、よくわからなかった。

「これがどうかしたの？」

「この写真、よく見て！」

井嵜さんの横顔は、少し引きつっているように見えた。

「――ある女性とある女の子」

作品のタイトルでも読み上げるような口調で僕がそう言うと、頭を強く振りさらにこう言った。

「この女の子、誰かに似てない？」

「あぁ、似てる似てる。このふたり親子でしょ」

「そうじゃなくて！　ふざけないで、ちゃんと見て！」

今度は写真の女の子だけを指差した。

「ん……誰だろう？」

僕は顔を近付けた。

「手紙にも目を通してよ！」

手紙は便箋に書かれていて、その左側にハガキサイズの白黒写真がきちんと額装されていた。便箋の方に視線を移す。品のある古風な文字が並んでいる。どれどれ、読み進めてみよう。日に日に秋が深まっていますが、風邪などひいていませんか……。僕はゆっくりと文字を追っていった。

次の文章が目に飛び込んできた。その瞬間、金縛りにあったように体が動かなくなった。『あなたがギターを背負って家を出ていってから』

「……!?」

さらに『吃音』の二文字に呼吸が止まり、最後の一行に完全にとどめを刺された。『愛する明美へ　お母さんより』

僕はめまいを覚えて、咄嗟にこめかみを押さえた。あの震災の日の朝、激しい揺れが襲ってくる直前に感じたどろどろとした鉛のような感覚が再び甦りぎょっとした。心臓が化石になってしまったかと思うほど身動きがとれず、立っているだけで精一杯だった。

「この女の子、あの子にそっくりよね」

誰にも聞こえないように、抑えた声で井嵜さんが言った。そう言いながら包み込むように僕の両肩に腕をまわしてくれたお陰で、なんとか立っていることができた。そして、もしかしたらという予感を決定的にする井嵜さんの言葉が僕を待っていた。

「私――この真珠のブレスレット、よく覚えてるわ……」

日に日に秋が深まっていますが、風邪などひいていませんか。私が止めるのを振り切り、あなたがギターを背負って家を出ていってから、今日でもう二年になります。思い付く限りの心当たりを探し、捜索願を出し、尋ね人の広告を出しても、なんの手掛かりもないまま時間だけが過ぎてしまった……。あの時のあなたの後ろ姿が、まだ目に焼き付いています。

今頃は、どこでどんな曲を歌っているのですか？　あなたの歌声を思い出すと、小さかったあなたの『お母さん、ギュッとして』という声が甦ってきます。それは私を幸せにしてくれる魔法の声でした。そのたびに、あなたをギュッと抱きしめたけれど、抱きしめられていたのは実はお母さんの方でしたね。あなたは小さな腕で、いつも精一杯私を抱っこしてくれた。その時のあなたの香りが、あなたの温もりが、お母さんの全てでした。

大きくなるとそんなことは言わなくなったけれど、一度だけ言ってくれて、ギュッと抱きしめてくれましたね。そして『もう吃音の学校には行きたくない』と、あなたは震える声で言いました。それなのに、お母さんはあなたの腕を振りほどき、行かなきゃダメ！　と叱ってしまった。傷付いたあなたの気持ちをわかってあげられず、本当にごめんなさい。今でもあの時の震える声が耳の底に残っています。

歌手になるために上京すると言いだした日も喧嘩になりましたね。あなたの夢を理解してあげられなかった私は、本当にダメな母親です。でも、これだけはわかってほしい。私にはあなたという娘がいるということ。何があっても変わらないこの事実だけが、今のお母さんの唯一の救いです。

この手紙があなたに届くはずもないけれど、一縷の望みを託して、あなたがよく遊んでいた川に流します。水の流れが、あなたのもとまでこの手紙を運んでくれますように。

いつまでも、ずっとあなたを待っています。

一九九三年　十一月　十日

愛する明美へ

お母さんより

「売ってって言ってもダメだよ、それは非売品なんだからね」

何も知らない源田は、明るい声で冗談ぽくそう言った。

「源田君……」

「何？　井嵜さん。深刻な顔して」

「これ――どうしたの？」

「どうしたのって、須磨の海岸で拾ったんだよ。これだけじゃなくて全部」

「……」

「その手紙と写真がどうかしたの？」

「――あっ！　あぁ……そうか。源田君はあの夜のこと知らないんだったわ。イタリアにいたものね」

ふたりが交わす会話は、まるでどこか遠い時間から流れてきているようだった。何十年、何世紀、何光年さまよって耳に届いた声には聞き覚えがなく、会話は意味を失っていた。現実の外へ放りだされたような気持ちで、額の中の手紙と写真の前に僕は立ちつくした。

テレビ画面に映った遺体安置所に、アケミさんのギターケースと白い薔薇の花束を見つけた日から、僕は心の片隅に灯りをともし続けた。決して消えることはないと思っていたその灯りが消えていく。九年にも及んだ物語の幕が、今下りていく。

僕は暗い映画館に座り、古い映画を観続けていたんだろうか。

映写機のカタカタという音とともに、小刻みに揺れる「ｆｉｎ」の文字が見えたような気がした。

6章　アルファロメオ

膝の上にクラプトンの写真集を置いたまま、親父は眠りに落ちたようだ。これは俺の宝物だから誰にも渡さない、と言わんばかりに表紙の上に両腕を置き、小さな寝息を立ててソファに身を沈めている。来月に迫ったソムリエ試験のテキストを読んでいるうちに眠くなってしまったのだろう、親父の横でお袋もうとうとしていた。

僕はと言えば、最近手に入れた隈研吾の作品集五冊分のスペースを確保しようと、本棚の前を右に左に往ったり来たりしていたのだが、ふと振り返り、久し振りに両親の姿をじっくりと眺めてみた。ふたりとも、少し小さくなったような気がする。——歳とったな。肩を並べてうたた寝をする両親の姿が、睦まじくも侘しくも思え、胸が締め付けられた。

親父が仕事を引退して、しばらく経つ。今では考えられないが、ニューヨークやカリフォルニアのポップ音楽に対してシカゴにブルースがあるように、少し前までは、東京のロックやポップ音楽に対して関西にはブルースがあった。桑名正博、ボロ、河島英五、やしきたかじん、憂歌団など多くのミュージシャンが活躍していた。彼らをプロデュースしてきた親父の最大の功績は、アリスを世に送りだしたことだろう。アリスのメンバーは今でも時々我が家を訪れて、賑やかな時間を過ごしている。

お袋は、この歳になってソムリエの資格を取りたいと言いだし、学校に通いはじめた。いつまでも若々しいお袋は、何かを勉強することが好きな人だ。来週からは家庭教師のソムリエが家に来るらしい。

「もう歳なんだから、血管でも詰まらせたら大変だ」

僕は親父の膝の上の、重い写真集を持ち上げた。その拍子に何かが床に落ちた。かすかな音がした方を見てみると、親父の左右のスリッパの間にオレンジ色のかけらがある。僕は写真集をいったん本棚にしまい、ページの間から滑り落ちたかけらを拾い上げた。

――ピックだ!

それは、紛れもなくアケミさんのピックだった。最初で最後となったあの日の夜、ギターを弾き終え、クラプトンの写真集のページの上にピックを置いた彼女の細くしなやかな指先を、今でも鮮明に覚えている。口を開いたまま、僕は軽い呼吸困難に襲われた。膝が震えている。鼓膜を圧迫する心臓の鼓動以外全ての音は消え去り、時間が止まり世界が止まった。

徐々に周囲の音が戻ってくると再び思考も動きはじめ、「形見」という言葉がリアルな感覚をともなって浮かんできた。どうしよう、財布の中にでも忍ばせて、肌身離さず持っていようか。いや、それとも。

咄嗟に本棚からもう一度写真集を取りだし、ページを開いたその時だった。

アケミさんが僕の背中を押してくれている——そう確信した。目の前には『ティアーズ・イン・ヘヴン』を歌うクラプトンの姿、そこにギターをつま弾くアケミさんの姿と歌声が重なった。

彼女は、今も遠い所でギターを弾きながら歌っているに違いないという思いが、波紋のように胸にひろがっていった。

僕は手の中にあったピックをページの上にそっと置くと、重い写真集を両手で持ち上げ、そのまま勢いよく閉じた。

バンッ！

意外なほど大きな音が薄暗いリビングに響きわたり、風圧で前髪が揺れた。スタートを告げるピストルにも似た音だった。親父とお袋が目を覚ました。

「何？　今の音。びっくりするじゃない」

お袋の眠そうな声に振り向くと、親父が大きく伸びをして言った。

「あぁ……、夢を見てた」

街灯の下で生まれたまぼろしが、写真集のページのあいだに吸い込まれていくように、その言葉がゆっくりと僕の中に落ちていった。

松本さんが落ち着かない様子を見せるようになったのは、その直後からだった。そしてある夜、僕たちが夕食をとっている最中に、口ごもりながら言った。

「旦那様、奥様、真九郎さん、お食事中にごめんなさい。あの……」

独り暮らしをしているお父さんが入院したことを明かした。

「とても悩んだのですが……、でも、父の側にいてあげられるのは私だけなんです」

と続けてしばらく黙りこんだあと、再び口を開き、

「今月いっぱいで家政婦を辞め、父の介護のため小豆島に帰らせていただきたいんです」

と言った。

お別れがいよいよ来週に迫った夜、夕食を済ませ、カウンターのハイチェアーに腰かけてぼんやりしていると、いつものように松本さんがみかんを持ってきてくれた。

「なんか実感ないな、もうすぐお別れだなんて。小四の頃からずっと一緒だったから、松本さんがいない生活は想像できないよ」

「永遠の別れじゃないんですから。でも、そんなふうに言ってくださって嬉しいです。本当にありがとうございます」

松本さんは静かに微笑んだ。兄弟のいない僕にとって、彼女は姉のような存在だった。

「じゃ、最後の夜はお別れ会だな。源田や仲間たちみんなに声かけて、松本さんへの感謝祭だ」

「私のためにパーティーなんて、もったいない」

「何言ってんの。腕、振るいますよ！　パーティーの日は僕が全部やるから、松本さんはお客さん。楽しんでね」

「そんな、感謝しなきゃいけないのは私の方でしょ？」

「いや、絶対手出ししないで！」

「それじゃ申し訳ないです」

「いいの、いいの、最後の夜くらいゆっくりしてよ。ところで何が食べたい？」

「いえ、本当にもったいないですから」

松本さんは困ったわという顔をした。

「みんな最後に挨拶に来たがるよ、絶対」

「そんなに優しいこと言ってくださるなんて……胸がいっぱいになってしまうわ」

「二十人は招待するつもりだよ」

「あらいやだ。そんなにたくさんじゃ、旦那様や奥様にもご迷惑になります」

「いいんだよ。親父もお袋も、松本さんにはどれほど感謝しているか。ね、何が食べたい。フレンチ？　イタリアン？　中華？　鮨？」

「いえいえ、もう、ほんといいですって。そのためにお買い物してたら、また高くつきますし、真九郎さんもお仕事で忙しいでしょう？」

「そんなことないよ。これくらい当然でしょ。松本さんはうちの家族なんだから」

「……」

「わかった？　約束だよ！」

　そう念を押すと、慌てて松本さんはエプロンを外し、「ちょっとお手洗いに」と下の階に降りて行った。ここで涙を見せるには早過ぎると思ったに違いない。まぁ、このまま松本さんに質問し続けても自分からリクエストをするはずもないから、任せてもらおう。けれど、長い付き合いをいくら振り返っても、あれが好きだとか、これが嫌いだとか、そんなことを松本さんが言った記憶がないのだ。その分、「わぁ、嬉しい！」とか、「ありがとうございます」とか、そんなことは人一倍言っていた。最後まで、松本さんはそういう人だった。


　その日僕は、朝から準備に大わらわで、途中で長嶋さんが手伝いに来てくれたのが大いに助かった。よく考えると長嶋さんがキッチンに立つ姿を見るのははじめてで、長い髪を結びエプロンを付けた長嶋さんを少し不思議な気持ちで眺めていた。

　夕方になると、いよいよ松本さんのお別れ会のスタートだ。いつものメンバーはもちろん、職場の先輩や同僚、スタマ・プロジェクトで労苦をともにした仲間も集まってくれた。

　料理ができ上がるとすぐ大皿に盛り付けて、ダイニングテーブルの上に次々と並べていった。

それを各自用意された小皿や小鉢に取り分け、会話とともに思い思いに楽しむ。そんな今日のスタイルは、松本さん仕様だ。子供の頃源田の家で、松本さんと家政婦さん、そして僕たちでまかない料理を囲んだ時、「みんなで楽しい時間を過ごしながら、分けあって食べる。やっぱりこれが一番ね」と、松本さんはいつも言っていた。

メニューは、焼きそば、お好み焼き、肉じゃが、アジフライ、唐揚げ、焼き鳥、餃子、麻婆豆腐、野菜炒め、そしてもちろん、生そうめん。松本さんとの思い出とそれにまつわる料理を、思い出せる限り再現してみた。今日は長嶋さんだけでなく、井嵜さんももてなす側にまわってくれ、彼女たちは大皿の料理を取り分けてはゲストに手渡し、かいがいしく働いてくれた。それを見た阿部が、

「長嶋さん、僕にもお願い！」

と声をあげると、源田が割って入った。

「おいおい、女性にそんなことをさせるなんて、イタリアじゃありえないぞ」

「そう言われても、ここは日本なんだからさぁ」

「ほんと、レディーファーストの国は、いいわねぇ」

と阿部の言い訳を一蹴した長嶋さんは、井嵜さんと顔を見合わせて笑った。そこにお袋も参戦し、

「うちの主人なんて、若い頃から海外経験が豊富でしょ、結婚前はそりゃあ紳士で、レディー

ファーストなんて当たり前だったの。なんて素敵な人だろうって思ったわ。でも、男の人って結婚すると変わっちゃうから、気を付けてね」

と、女性ふたりに小さくウインクをして、

「結婚したら、奥さんを大事にしなくちゃね」

と源田にいたずらっぽく微笑んでみせた。

少し遅れて吉川さんも到着した。休日出勤したあとで駆けつけてくれたのだ。吉川さんは入り口わきの椅子の上にカバンを置くなり、テーブルの上に並んだ料理の数々を確認しにいって目を丸くした。そして、

「ご飯ないかな?」

と僕のいるカウンターにやってきた。

「吉川さん、お腹がすいてるのはわかりますけど、そりゃ真九郎に失礼ですよ」

先輩が突っ込んだ。

「なんで? だってさ、この肉じゃがも麻婆豆腐も、めちゃくちゃご飯がすすみそう。真九郎、まずご飯。頼む」

「高校生の弁当のおかずじゃないんですからね」

「え? ご飯がすすみそうって完全にほめ言葉でしょ。これぞ、うまい証拠。今日ばっかりは真九郎のお料理熱も許せる気がするな、しらんけど」

吉川さんはそう言うと、炊き立てご飯がよそわれたお碗を持って、あっという間に大皿の方へ去っていった。空になった大皿を回収しに行くと、

「真九郎君、久し振り！　今日はご馳走になります」

と矢崎部長が声をかけてくれた。

「結構な大人数だけど、さすが建築界一の料理人、上手くさばいてますね」

「それ、なんか複雑ですね。まぁ今日は『おいしさ　いろいろ　ちょっとずつ』ですからね」

「なんですか、それ？」

「今日の主役、松本さんのコンセプトです。いろんな美味しいものを、みんなで分けあって楽しく食べましょうっていう、言ってみれば松本さん流フルコースです」

なるほどね、と矢崎部長が頷く横で、

「なんやこれ！　めちゃくちゃうまいわ！」

と、小山さんが早速麻婆豆腐に夢中になっていた。

今この場にいるみんなが、心から楽しんでいた。そんな中松本さんは、律儀にひとりひとりに挨拶をしてまわっている。僕はふと、神戸のハイカラな時代について彼女が自分なりの見解を話してくれた時のことを思い出した。

「今まで私は、いろんな人からいろんな幸せを、ちょっとずつお裾分けしてもらってきました。一度にどっさりというわけではありませんが、気が付いたら、たくさんの幸せを手にすることが

できていたんです。だから私にとって神戸は、いつだって『良き時代』なんです、『古き良き時代』なんかじゃなくって。神戸はいつだってハイカラ。神戸に来てから、幸せじゃない時なんか一度もなかったですよ」

最後はゆっくりと噛みしめるように、そう言っていたな。と感慨にふけると急に別れの寂しさが入り込んできて、慌てて手にした大皿を持ち直し顔を上げた。

今日は松本さんが主賓だからとあれほど言ったのに、彼女はやっぱりゲストに料理を勧め飲み物の心配をし、汚れた皿をせっせと流し台まで運んでいる。自分が食べる暇があるのか少し心配になったけれど、これが私の性なんです、とばかりに動きまわっている姿を見ていると、僕の胸は優しさで満たされた。そして、彼女とともに過ごした長い時間を改めて振り返ると、誇りにも似た感情がひろがった。


次の日の早朝、僕は車で松本さんを神戸港のフェリー乗り場まで送っていった。

車の窓を開けると爽やかな朝の風が吹き込み、「あぁ、いい気持ち」と松本さんが呟いた。

「あんまり寝てないいんじゃない？」

「大丈夫ですよ」

そう言うと、彼女は助手席で小さく伸びをした。

「そう言えば、昨日、見ちゃったんだけど。食材の値段とか計算してたらしたでしょう？　例えばひとり五千円なら赤字にはならないだろうなとか、ぶつぶつ言いながら」

「え、見てたの!?」

「はい。仕入れ値を気にするとこなんか、はじめて見ちゃった。真九郎さん、何かたくらんでるでしょ？」

と、こちらを覗き込んできた。

「何かってなに？　嫌なとこ、見られちゃったなあ」

僕は前を向いたままはぐらかした。が、やっぱり、さすがは松本さん。親は騙せても彼女は騙せない。彼女に吹いてきた新しい風が、僕の背中も押していることは確かだった。

駐車場に着いて車を降りると、目の前にはうっすらと朝もやがかかった海がひろがっていた。

「ちょっと早過ぎちゃったかな。フェリーの出発まであと四十分もあるよ、コーヒーでも飲みに行く？」

「ここで結構ですよ。それより、もう真九郎さんはお戻りになってください。遅くまでみなさんのお相手なさって疲れてるでしょ？」

松本さんはそう言いながら、僕が転がしてきたスーツケースをたぐりよせようとしたけれど、渡したくなかった。

「いいよ、フェリーが出る時間まで僕が持っているよ」

駐車場で車を降りてから、僕の胸は急にそわそわと圧迫されはじめていた。それは松本さんも同じだったのだろう、冷房のよく効いた待合室に出発時刻を告げるアナウンスが響くたび、彼女は落ち着かない様子で視線を泳がせた。

隅の方にあいている席を見つけ、僕たちは並んで腰かけた。お互い無言だった。

しばらくして松本さんが口を開いた。

「昨日はごちそうさまでした」

「喜んでもらえた？」

「もちろんですよ。とても楽しかったし、お料理はどれも本当に美味しかった。ありがとうございました」

「でもさ、改めて考えると、ふつうのものばっかりだったね」

松本さんは軽く笑い、「そうね」と同意した。

「私ったら、真九郎さんのことだから、どんなすごいフルコースなんだろうって、前の日からナイフとフォークの練習してたんですよ」

松本さんは両手でステーキを切るような仕草をしてみせた。

「そんなことしてたの？」

「ええ。それなのに、いざふたを開けたらお馴染みのお惣菜ばっかりで、あれじゃ私のまかないとおんなじじゃないですか」

と彼女は声を出して笑い、僕もつられて吹きだした。

「でも、猛烈に記憶に残ってるメニューって、ああいうものばっかりなんだよなぁ。子供の頃夏休みに源田の家で食べた松本さんのまかないみたいな」

「まぁ、私にはそんなものしか作れませんから。でも、それはお褒めの言葉としてありがたくいただいておきますね」

と、僕の言葉を受け止めてくれた。そして、

「これで真九郎さんとは、今生の別れになるかもしれませんから……」

と付け加えた。

「おおげさだなぁ、神戸から小豆島なんて目と鼻の先じゃない」

慌てて茶化し、視線を小豆島の方角に向けた。遠くに霞む島影の前を、数隻の船が穏やかな波を立てながらゆったりと行き来している。目を凝らすと、カモメが船を追いかけている。ふたりはまた沈黙に包まれた。

「真九郎さん、明日死ぬとしたら、何が食べたい？」

松本さんがだしぬけに尋ねてきた。

「え、何!?　急に」

縁起でもない発言に驚いたけれど、その質問は、別れの悲しみに足を取られてしまわないための彼女のささやかな抵抗であり、僕への思いやりでもあるということが痛いほど伝わってきた。

だから本気で考えた。

「そうだなぁ……」

松本さんに連れられて歩いた東山商店街の映像が甦ってきた。半ズボンをはいた僕はまだ小学生で、親に内緒で食べ歩きを彼女と心底楽しんでいた頃のセピア色の光景だ。あちこちで飛び交う威勢のいい店主の声、活気あふれる通りに漂う揚げたてのフライの匂い、口の中にひろがる餃子の肉汁、炭火から立ち上る焼き鳥のタレの香り……。そんなものが次から次へと浮かんできた。

「ねぇ、真九郎さん。商店街にあった中華惣菜のお店覚えてる？」

頭の中で商店街をさまよっていたら、松本さんも同じ話をはじめた。

「あぁ、腕のいい台湾人の料理人がいたお店でしょう？　彼、陳さんだっけ？」

「そう、陳さん。私ね、彼にプロポーズされたことがあるのよ」

「えっ！　プロポーズ⁉」

あまりに意外な告白に、しばらくぽかんとしてしまった。が、いや、待てよ。よく考えれば松本さんは、青春時代も二十代も三十代もずっと神戸で暮らしてきたんだから、そういう浮いた話のひとつやふたつあったって、全く不思議じゃない。なのに今の今まで、どうしてそれに気が付かなかったんだろう。逆に気が付かなかったことの方が不思議になってきた。松本さんは恋愛なんかしないと、勝手に思い込んでいたのか？　なんで？

横で忙しく考えを巡らせている僕にかまわず、松本さんは話を続けた。

「彼、とっても優しい人だったのよ」

「陳さんのこと、松本さんも好きだった？」

「ええ」

　と答えて微笑んだ。

「商店街のケーキ屋さんのティールームで、時々待ち合わせしてたんだけど、彼、いつも何か持ってきてくれたの。点心とか、お惣菜とか。いつだったか、ずっしり重い紙袋を渡されて、何だろうと思って中を見てみたら、大きなタッパーになみなみと杏仁豆腐が入ってたの。いったい何人分ですかっていうくらい。陳さんったら、美味しいよ、みんなで食べて、いっぱい食べてって」

「ちょっと待って、ケーキ屋さんのティールームって『ハイジ』のことでしょ？　僕もよく連れていってくれたよね。あっ、もしかしてあれ、デートだったの⁉」

　思わず声のボリュームが上がってしまった。松本さんはおかしそうに、「そうよ」と頷いた。

「そうだったの⁉　ぜんっぜん気付かなかった」

「好きだったなぁ」

「で、彼とはどうなったの？」

「彼が東京に行く時、一緒について行こうかとも思ったんだけど……。やっぱりできなかったなぁ」

と、海の方に視線を移した。うちに来る前は、夜の街で辛酸をなめた松本さんだ。そんな彼女にも、恋心をときめかせた時期があったんだ。そう思うと僕はなぜか少しほっとして嬉しくなった。出発の時刻が刻々と迫っていた。

「ねぇ、いつかふたりで、カッコいいレストラン作ろうよ」

「あら、それは素敵なお誘いね」

「メニューはどうする？」

「そうねぇ……、もし私が料理長だったら、レストランっていうより、もっとふつうの料理で勝負すると思うわ。みんなが大好きなメニューで」

「例えば？」

「カレーとか唐揚げとか、コロッケとかそうめんとか、カツサンドに麻婆豆腐に……」

「ちょっと待って、それって本気？」

「もちろん。私はいつでも本気ですよ、と言うより真剣そのもの」

「あいかわらず松本さんは大胆だなぁ。でもそれいい！　僕なら絶対、常連客になると思う」

「あら、嬉しい。それから、焼き飯にソース焼きそば、餃子に野菜炒め」

「それから、かすうどんにだし巻き卵に……そうだ、デザートは焼きたてあつあつの鯛焼き！

わーっ、あごがじんじんしてきた」

両手であごをさする僕を見て、松本さんは笑いだした。

「真九郎さんとこんな話してたら、私もそのお店に行きたくなっちゃったわ」

「でしょ！」

「だって、ふつうのメニューこそ最強のメニューだもの」

「って言うかこれ、僕が子供の頃、いつも松本さんと商店街で食べ歩きしていたもんばっかりじゃない」

「そう、わかった？　懐かしいわねぇ」

「うん、すっごく懐かしい」

「私、思うの。『美味しい』の要素のひとつに『懐かしい』があるんじゃないかって」

「あっ、そうかも！」

思い付くままにメニューをあげたつもりだったけれど、気が付けば、口をついて出てくるのは、子供の頃の懐かしい味ばかりだった。ひと口食べれば幸せな日々が甦る。死ぬ前に食べたいものって、結局こういうものなんだろう。

「じゃあ、場所はどこがいい？」

「そうね、理想的な場所って、どこかしら」

辺りをぐるりと見まわすと、松本さんは急に椅子から立ち上がり、海とは反対側の窓に歩みよって、

「ここって、何か建ってましたっけ？」

と、フェリー乗り場の北側にひろがる更地を指差した。

「なんだっけ？　古い倉庫か何かがあったような気がするけど……」

「真九郎さん、私たちのお店、ここに作ったらどうかしら。ここなら目の前が海で絶景だわ。それにほら、源田さんのお家でみなさんがなさってたみたいに、海に沈む夕日を眺めながらお食事ができるでしょう。そのあと、メリケンパークやポートタワーの夜景を楽しみながら、のんびりくつろぐなんて最高。三宮からだったら歩けるかしら、新幹線のお客様は新神戸駅からタクシーね。それから関西国際空港からだったら船で——」

「ちょっと待って、空港からって」

「海外からいらっしゃるお客様にも、ここは最高の立地よ。ホテルオークラが近いから宿泊も大丈夫」

「もしかして松本さん、世界を目指してる？」

「当然でしょ。やるんなら世界一のお店を作らなきゃ」

松本さんは元気よくそう言うと、僕に向かって微笑み大きく頷いてみせた。まったく、彼女のポジティブさには敵わない。

「じゃ、お店の名前は？」

「そうね……」

と、少し考えてから言った。

「神戸みなと食堂」

松本さんを見送って帰宅すると、お袋はすでに起きていて、ダイニングテーブルの真ん中の席でクロワッサンを片手に優雅にコーヒーを飲んでいた。けれど表情はどこか寂しそうだった。無理もない。カフェ・マキアートとカプチーノの中間ぐらいのミルクの量で、というわがままにも絶妙な配合を、毎朝こなし続けてくれていた松本さんがもういないのだから。

「おかえりなさい。今日は午後からソムリエの先生がいらっしゃるわよ。試験が来週に迫ってるし、直前対策をしていただく予定なの」

コーヒーカップをテーブルに置くと、お袋は敢えて松本さんのことには触れずにそう言った。それから、

「お忙しい方だし、何か軽いランチでもご用意しておいた方がいいかしら」

と呟いたあと、「やっぱり自分で淹れると、いまひとつね」とコーヒーを飲みほした。

午後一時を数分過ぎた頃、来客を告げるベルが鳴りお袋が玄関に降りていった。お袋と和やかに言葉を交わしながらダイニングに現れた先生は、僕の姿に気付くと「建築をなさっておられるご子息様ですね」とお袋に確認し、

「お母様からお話は伺っております。どうぞ、よろしくお願いいたします」

と、こちらに向かって軽く頭を下げた。

その人は、自分とさほど歳が変わらない女性だった。ちょっとした趣味程度のことでも一流の先生を求めるお袋だから、田崎真也のようなベテランの男の先生が来るんだろう。そう勝手に想像していた僕は、美しいソムリエの登場に不意打ちを食らってしまった。彼女はこちらに歩みよると、二言三言話しかけてくれた。なのに、あやふやな返事しか返せなかったのは、彼女の真っすぐな眼差しと颯爽とした魅力のせいだ。

「もうお昼はお済みかしら？　ご用意してありますから、まだでしたら遠慮なくおっしゃって」

お袋が彼女に声をかけた。

「まあ、ありがとうございます。でも済ませてまいりましたので、どうぞお気遣いなく」

はきはきとした声が心地よかった。

「ワインの専門家なら、ランチもフレンチかイタリアンですよね。お勧めのお店があったら、ぜひ教えてもらいたいな」

僕は彼女にダイニングテーブルの真ん中の席をすすめながら、さっきろくな返事ができなかったことを挽回しようと話しかけた。すると、「恐れ入ります」と上品な仕草で椅子に腰を下ろした彼女から、意外な返事が返ってきた。

「いいえ、おうどんをいただいてまいりました」

「あら、おうどん？　美味しいお店でもあるのかしら？」

テーブルをはさんで彼女の向かいに座ったお袋がそう尋ねた。すると彼女はにっこりと微笑むと、

「こちらのご近所にとても評判のいいお店があるんです。そのお店はお味はもちろんなのですが、最近話題のコラーゲン入りのおうどんがとっても人気で。前から気になっておりましたので、今日はそれをいただいてみたんです」

と答え、「美肌効果が高くてお肌がつるつるになるそうですわ」と、揃えた指先を右の頬に添えてみせた。丁寧に手入れされた爪が、細くしなやかな指をさらに引き立てていた。

「そうなの？　知らなかったわ。今度私もいただいてみようかしら」

美肌と聞いて、お袋が俄然興味を示した。優秀なソムリエは、初対面の人をリラックスさせる技術にも長けているらしい。

「へぇ、コラーゲンうどんなんて僕もはじめて聞いた。具は何が入ってるんですか？」

彼女は少し考えるように首を傾げ、

「何かとおっしゃられましても、私もよくわからないんですが……。見た目は天かすに似ているんですけれど、食べるとほどよい弾力があって」

天かすに似ていて弾力がある？　もしかして……。

「それって——かすうどんじゃない？」

「いやだわ、真九郎さん。先生がそんなもの召し上がるわけないじゃない」

すかさずお袋がそう言ったけれど、僕にはなんとなく確信があった。

「その天かすみたいなものには芯があったでしょ？　で、噛むとジュワッてうま味が染み出たでしょ？」

「はい」

「出汁には、なんとも言えないコクがあったでしょ？」

「はい」

――やっぱりそうだ！

「それ、かすうどんですよ。僕も大好物なんです、かすから染み出るあのコク！　たまらないですよね」

そう言う僕を彼女は不思議そうに見つめながら、

「かすうどんっていう名前なんですか？　あんなに美味しいおうどんなのに、随分と雑なネーミングなんですね」

と無邪気な笑顔を見せた。

「まあ、かすうどんって、そんなに美味しいの？　それからさっき美肌効果が高いっておっしゃったわよね」

お袋はまだ信じきれない様子を見せながらも、やや身を乗りだして彼女に尋ねた。

「ええ。息子さんがおっしゃったように、お出汁のコクが素晴らしくって。あのコクはほかの物ではなかなか出せないと思いますわ。それにコラーゲンは良質のタンパク質ですから、お肌にハリと潤いを与えるだけでなく、丈夫な骨や筋肉をつくるためにも役に立つんです。全身のアンチエイジングに欠かせないもののひとつですわ」

溌溂と説明をする彼女の話に、お袋は耳を傾け、

「そうなのね！　だったら、かすとワインの相性はどうかしら？　重みのある赤なら合うかもしれませんわね」

と早速興味を示し、質問をはじめた。

お袋の質問が一段落すると、彼女は持っていたカバンの中から参考書を取りだして、次々とテーブルの上に並べはじめた。僕はカウンターのハイチェアーに腰を下ろし、ぼんやりと頬杖をついてその様子を眺めながら、産地から取りよせたばかりのオレンジジュースを飲んでいた。

「オレンジジュース、召し上がりますか？」

「結構です。お気遣いありがとうございます」

彼女はなぜか少し困ったような表情をして、お袋に視線を移した。

「これからテイスティングするのに、オレンジの酸味で口の中の感覚がおかしくなるでしょ」

お袋にいさめられてしまった。その通りだ、そもそもソムリエの仕事はワインテイスティングじゃないか。これ以上恥をかかないように、カウンターの中で昨日の片付けの続きをするふりを

しながら、終始上品な言葉遣いの先生とお袋のやり取りを、それとなく窺った。

テーブルの中央に用意された十本の赤ワインの前には、二十個ほどのワイングラスが整然と並んでいた。そのグラスはお袋のお気に入りで、カップ部分の柔らかなフォルムと脚部の繊細なデザインがアールデコを彷彿とさせた。

「まぁ、素敵！　私もラリック大好きなんです」

グラスが目に入るや否や、彼女は瞬時にメーカーを見抜いてしまった。けれどその言い方は、あくまでさりげなく飾り気がなかった。見識の深さに感心したお袋は、頷きながら満面の笑みを浮かべている。そして、ワインの栓抜きを手にすると、「十本も開けるの大変なのよ」とでも言いたげに、「手伝ってちょうだい」という表情を僕にしてみせた。すると彼女はすぐに察し、

「お開けしましょう」

とお袋の手から栓抜きを受けとろうとした。と同時に僕は椅子から立ち上がり、彼女の傍らに歩みよって言った。

「お手伝いします。栓抜きを貸してください」

彼女の表情がふわっと明るくなった。

「よろしいのでしょうか？」

それはお袋に向けられた質問だったけれど、「喜んで」と僕が答えた。

「では、よろしくお願いいたします。ただ、これは栓抜きではなくソムリエナイフと呼んでくだ

さい」

……またやっちまった。

「そうですよね、瓶ビールの栓を抜くんじゃないんですもんね」

とぶつぶつ言いながらちらりとお袋を見ると、苦笑しながらも、なぜかとても嬉しそうな顔をしていた。

気を取り直しボルドーワインを一本開けると、「ちょっと失礼します」と彼女は僕の右手からコルクをつまみ取り、匂いを嗅いだ。早速問題点を指摘されるのかと思ったけれど、別段何かを注意されることもなく、代わりに、

「申し訳ありませんが、ソムリエナイフをお貸しください」

と、すっと右手を差しだした。そして、

「もっと丁寧にコルクを抜けば、ワインの味わいも格別ですよ」

と言うと、二本目、三本目、四本目のボトルを、的確な手さばきで開けてみせた。その振る舞いは決して自分の腕前を見せびらかすようなものではなく、あくまでも、こうした方が楽で美味しく召し上がれますよ、という配慮であることが伝わってきた。

「じゃ五本目はあなたがやってみて」

というお袋の言葉に促され、彼女の指導を受けつつ、ボトルネックの出っ張りの下の部分にまずは半周、ナイフで切り込みを入れた。

「そこでナイフを持ち替えてください」

言われるがままに、僕は右手から左手にナイフを持ち替えた。すると、

「そうじゃなくって」

とお袋が笑いだした。

「あ、ナイフを持つのは常に利き手でお願いします。ごめんなさい、私の説明が不十分でした」

そう言うと、彼女は僕の右手の正しい位置にナイフをそっと置き、それから両手で僕の手のひらを丁寧に閉じた。

手が触れあった瞬間、ふたりの視線がぶつかった。映画でも現実の世界でも、こんなシーンでは女性がすかさず目を逸らす。けれど、彼女はこちらを堂々と見つめた。その視線に応え、僕も視線を注ぎ続けた。まるで星に願いごとをするような気持ちだった。

ふと彼女から、ワインとはまた別の、どこかで嗅いだことのある香りがして、懐かしい人と再会したような不思議な感覚に襲われた。——そうだ、傷ついた心を抱えシャンパーニュを訪れた時、ぶどう畑で出会った女性、ニューヨーク出身の女医さんの香りだ。ふいに、あの時教わった詩が脳裏に甦ってきた。

他人を幸せにするのは、香水を振りかけるようなもの。振りかける時、自分にも数滴はかかる……。

教わった通りの手順で三本のボトルを開けると、

「最後の一本は私が開けますから、ちゃんと見ていてくださいね」

と言うと、彼女は鮮やかな技を披露してくれた。その所作は滑らかで、何気ないけれど、いかにもプロフェッショナルらしい威厳があった。なおかつ息を呑むほど麗しく、セクシーな魅力さえ漂わせていて、僕の目は彼女のしなやかな指に完全に釘付けとなってしまった。いつまでも見つめていたかったけれど、お袋がいることを思い出して慌てて目をそらした。

ひと通り試験勉強が終わると、

「また明日、お会いしましょう」

と彼女はお袋に軽くハグをした。彼女を地下の駐車場まで送っていくと、車のドアを開けて滑り込むようにシートに腰かけ、こちらを向いて軽く頷いた。僕は慎重にドアを閉めた。赤いアルファロメオのオープンカーがよく似合っていた。

「試験まで、しばらくお袋がお世話になります」

別れ際にそう言うと、「こちらこそ」と彼女は微笑み、

「今日は、真九郎さんにお会いできて光栄でした」

と答えてくれた。心なしか声の調子が弾んでいるようだった。予想以上に好意的な反応についい気が大きくなり、僕はさっきから訊きたくてたまらなかった質問を口にした。

「好きな詩って、ありますか？」

「え、詩……ですか？」

怪訝そうな表情に、思わずひるんでしまった。でももし、彼女の口からシャンパーニュ地方で出会ったあの詩がこぼれたら、この人に本気で惚れてみよう。そう心を決めてみた。

「随分、唐突な質問ですね」

「あっ、そうですよね。困りますよね、急にこんな質問」

「詩、ですか……」

「興味ないですか？」

「いいえ。詩は、とても好きなんです。好きだから逆に選ぶのが難しくて。ごめんなさいね、優柔不断で」

「優柔不断だなんて、そんなことないですよ」

「いえ、そうなんです。いつもこんな調子だから私、いき遅れちゃって」

「……」

こういう場合、気が利いた男はなんて言うんだろう——と、ぐずぐず考えているうちに、彼女の方が話を続けた。

「ごめんなさい、話が逸れてしまいましたね。詩、でしたね」

「いえ、もう別にいいんです。気にしないでください」

「ううん、素敵な質問だから、ちゃんと答えたいの。明日のレッスンまでに一番好きな詩を選んでおきますね」

「ほんとに？　楽しみにしてます」

「どれにしようかなぁ」

「そんなに知ってるんですか？」

「まぁまぁ、かな」

「ソムリエだから、やっぱり香りがテーマになってる詩とか詳しいですか？　例えば、香水の詩とかは？」

にわかに膨らむ期待で、姿勢もやや前のめりになってしまった。

「それはダメ、ソムリエに香水はタブーですもの。香水に関する詩は、知らないと思いますけど……」

あぁ〜あ、やっぱり。僕は一瞬にして萎えてしまった。世の中そんなに甘くない、思い通りに物事が展開するわけがない。

「どうかなさいました？」

うつむいている僕の顔を彼女が覗き込んだ。

「期待はずれでした？　ごめんなさいね」

潤んだ美しい瞳が、こちらを真っすぐ見つめていた。

彼女は駐車場からゆっくりと車を出し、僕は赤いオープンカーのサイドにぴたりとくっついて、地下から地上へと続くスロープを歩いた。緩やかにカーブするコンクリート打ちっ放しの壁が続き、反響するアルファロメオの低いエンジン音が、自分の歩調と重なった。前方に徐々に見えてくる光に向かって、ふたりで肩をよせあって登っているようだった。そして道路に出て、左折する間際に、

「私、月を謳った詩がとても好きなんです。それは、また明日にでも」

と、彼女は言い残してアクセルを踏んだ。南風が吹く坂道の途中で、彼女はバックミラーに映る僕に小さく手を振った。遠ざかっていくアルファロメオ。長い髪が巻かれるように風に揺れ、僕に彼女の香りを届けてくれているかのようだった。

交差点で彼女の車が右折して見えなくなると、坂の下には見慣れた神戸の街があるだけだった。その向こうには、今日も夏の陽射しがまばゆく反射する大阪湾がひろがっている。けれど、いつものこの風景が、今までとはわずかに変わったように見えるのは、気のせいだろうか。

「月の詩が好き、か……」

思わず空を見上げた。そこには雲ひとつなく、痛いほどの眩しさに吸い込まれてしまいそうだった。

6章　アルファロメオ

あとがき

この小説を書きはじめたころ、僕たちはコロナ禍もロックダウンもロシア・ウクライナ戦争も知らなかったし、その後の激しい物価高騰も、W杯での三笘の一ミリも、大谷のWBC・MVPも知らなかった。時代はいつだって想像を遥かに超えてゆくから、未来なんて予想がつかない。

そんな激動の日々の中、僕は書き続けた。脱稿までには数々の紆余曲折があり、出版までの過程に至っては何度も曲折浮沈を味わうこととなったが、それでも自分の感性を信じ続けたのは、個々の才能に優劣はあっても感性に優劣はないと思っていたからだ。この情勢で出版界は厳しいんだよ、紙代も印刷費も値上げされてさぁ。という文句と、主人公の二刀流がいただけない。料理人の話か、建築家の話か、どちらかに統一すべきだ。そんな理由で僕は多くの出版社に断り続けられていたが、どうしても出版を諦めることができなかった。

パリに住んでいた十九歳の頃、僕は『芸術』と『食』に共通性を感じた。多感な時期に芸術の都で経験したことは、その後の僕の人生に多大な影響を与えた。ヴェネツィアに移ってからは、そこに『音楽』と『文学』の要素も加えたいと考え始めた。そして、いつしか独自の感性でそれらの融合を果たすことがライフワークとなっていった。だからこそ、自身の感性を信じきる必要があったのだ。

だがこの試みは決して目新しいものではない。すでに十五世紀のフィレンツェでは、ダヴィンチが『芸術』『食』『医学』『文学』『建築』『天文学』などの数多くの分野を開拓し、十六世紀の日本では利休が、約百年前には魯山人がジャンルの垣根を超えた融合を成立させている。

現代においては北野武しかりで、芸術を、コメディーを、映像を、音楽を、文学を、いずれも最上級レベルで融合させ世に放っている。

ここで少し脱線を許されるなら、ダヴィンチの食に関する功績を記しておきたい。記録によれば、ダヴィンチはある時期レストランを経営していたことがあるらしい。しかもその共同経営者はウフィツィ美術館の至宝『ビーナスの誕生』を描いたボッティチェリであったというから驚きだ。フィレンツェはポンテベッキオ橋のたもと、とあるレストランでウエイターとして働いていた若きダヴィンチは、ある日、突然亡くなったシェフのピンチヒッターとして料理長を務めることとなる。その時彼が開発したいくつもの料理は、今でもトスカーナ地方の伝統料理として残っているが、彼が生みだしたのは料理だけではない。ペパーミル（胡椒挽き）、ワインのコルクの栓抜き、ミキサー、鳥の丸焼きロースト器具、そしてなんと、お鍋の蓋まで発明したそうだが、逆にそれまで鍋に蓋がなかったことが不思議でならない。どうやら、それまでは蓋の代わりに麻の布をかぶせていたらしい。とにかく笑ってしまいそうなほどの功績の数々だ。ダヴィンチがボッティチェリとの共同経営を始めたのは一四七三年。イタリア史上最も偉大な芸術家ふたりのことである。ひとつ屋根の下、かたやボッティチェリがホールで客をもてなし、かたやダヴィンチがキッチンで鍋を振る。未来から来た客がそんな店の暖簾をくぐろうものなら、たちまち絶句してしまうに違いない。例えるならば、スペインでピカソとダリが、アメリカではアンディ・ウォーホルとジャクソン・ポロックが日々お客に料理を供していることと同じではないか。想像しただけで気絶しそうだ。さらには東京では、僕の師匠千住博と村上隆が……。

と、ここまで巨匠の名前を連ねてくると、やはり自分如きの才能では『芸術』『食』『音楽』『文学』の融合など不可能なのではないかと思い悩んだ日々が甦ってくる。しかし、挑戦を続けることを僕は選んだ。挫折と屈辱の日々が続くこともあったが、それでも我が道をまっしぐらに進む生き方しかできず、この作品の出版を諦めることなどできなかった。そんな自分を拾ってくれたのが托口出版の小野社長だった。彼が僕の編集者であることを心から幸運に思う。僕の文学性を信じる彼の情熱によって『神戸みなと食堂』は世に送り出された。小野社長に最大の感謝を。

他にも感謝したい人がたくさんいる。サニーサイドアップの次原社長と松本マネージャー、フェリシモの矢崎社長と源田さん、そして吉川さん。神戸の歴史とハイカラを教えてくれた菊地さん。北野にある美しいギャラリーとテラスが素敵なご自宅にご招待してくださった島田さん。執筆にあたり、神戸を中心に何軒もの名店に連れて行ってくれた陳麗華さんと田淵ご夫妻に、僕をグルメの道に導いてくださる窪田美幸先生と石田繁樹さん、藏本美和さんと浅井拓先生に、おもてなし空間の定義を教えてくれた清川良子さんに、感謝の気持ちでいっぱいです。親友であり作中でも活躍してくれた井嵜さんと長嶋さんと小山さん。装画を描いてくれたGLAYのTERUさん、帯に推薦文を寄せていただいた建築家の隈研吾さん、題字を書いてくださった書家の牧田悠有さん、僕を二十年以上も支えてくれている伊東マネージャーと明治大学助手の仲村伶さん。神戸の取材には伊東マネージャーが同行してくれた。印象的だったのは街路樹にぶら下がった夏みかん。鮮やかな黄色が今でも眼球に焼き付いている。それから家族にも感謝したい。アンナとマジカ、いつもありがとう。そして、多くの仲間たち、恩師、マエストロ、先輩、後輩。建築界の知識を教えてくれた奈良雄一さんと辻琢磨さん。いつもそばにいてくれるイケヤンこと池田さん。作中人物の装いについてご意見をくださった荻野いづみさん。僕の画商である大雅堂、並びに新生堂の皆さん。月について綴られた美しい詩を教えてくれた梓真悠子さん。その詩こそがこの小説の核となったということは言うまでもない。

そして、処女作『辻調鮨科』に続き今作も僕の文体を支えてくれた島田智子さん。彼女は僕が各章を書き終えるごとに音読し推敲をしてくれたのだが、アケミの母の手紙にさしかかった彼女の声が微かに震えた瞬間、僕はこの小説に「文学」が宿っていることを確信した。島田智子さんに畏敬の念を禁じ得ない。

最後にもうひとり。作中人物でもあるマツミヤアケミさん。実はこれは、父と結婚する前の母の名前だ。母を知る人たちはこう教えてくれた。「ファッションセンスが抜群で、美術が好きで音楽の才能があって、料理もうまかった」と。数少ない僕の記憶の中でも母はよくハミングしながら絵を描いていた。だから、それはただのお世辞ではないと思える。最後に一緒にお風呂に入った時も母は歌を歌ってくれたが、すでに片方の胸は切り落とされていた。それからしばらくして母は他界した。報われない彼女の生を僕の芸術の輝きで照らし、文学の力によって甦らせる。密かに抱いていたこの狙いは、結構うまくいったんじゃないかと自負している。

この小説をあなたに捧ぐ。

二〇二三年春、光うららかなヴェネツィアにて。

土田康彦

土田 康彦　Tsuchida Yasuhiko
1969年大阪生まれ。ヴェネツィア・ムラノ島にアトリエを構える唯一の日本人アーティスト。強いメッセージやコンセプト、哲学を感じさせる作風から「ガラスの詩人」と評される。近年は、文学・食・建築・映画・ファッション・音楽など、ジャンルを超えて活動し、各分野の作家とのコラボレーションを展開している。また、2021年完成の田邊アツシ監督作品『マゴーネ／土田康彦』が世界各地の11の映画祭にエントリー、計5つの賞を受賞し、大きな話題を呼んだ。2023年日本橋三越本店にて大規模な集大成展を開催する。著書に『運命の交差点』（ADP）、『The Voice』（ブックエンド）、『辻調鮨科』（祥伝社）がある。

神戸みなと食堂

2023年5月30日 初版発行

著者　土田 康彦

発行者　小野典秀
発行所　株式会社 托口出版
〒553-0006 大阪市福島区吉野1丁目15-2（金丸ビル）
TEL：06-4400-1295 ／ FAX：06-4400-1296
URL：https://takkoubooks.com

本文組版　田畑書店デザイン室
印刷・製本　モリモトト印刷株式会社

ISBN978-4-910850-03-0 C0093